沙漠裡的故事

尤今 著

在茫茫沙海中
尋找人生的綠洲

真實動人，引人入勝
從笑聲到淚水，理想與現實的碰撞
感受生命的波瀾與共鳴
命運在追尋中交錯，夢想在拚搏中綻放

人生如書，每一頁都獨特而真摯

目錄

目錄

自序

2017年年尾，到亞塞拜然旅行，邂逅了一名來自美國的遊客傑佛遜。一碰面，便談得異常投緣。過去五年，他一直都待在沙烏地阿拉伯工作，而我呢，在1980年代曾在這個國家生活了一年多，那份奇特的記憶，已經定格為生命裡一個永不褪色的畫面了。

我們不約而同地談起了去年9月沙烏地阿拉伯國王頒布的一紙敕令，根據批示，沙國女性至遲於2018年6月便可以把雙手放在方向盤上馳騁四方了。這個訊息，在世界各地激起了巨大的浪花。

女性駕車，居然成了轟動國際的新聞，原因在於沙烏地阿拉伯是目前世界上唯一禁止女性駕車的國家。在這個男女授受不親的國度裡，傳統觀點認為女性駕車，免不了與警察和汽車維修人員等陌生男子打交道，可能會敗壞風俗。女性如果觸犯禁止駕車的條規，就會被拘捕與罰款。

如今，世人都認為，條規的改變，說明了沙烏地阿拉伯已經「往前邁出了一大步」。

本書是我旅居吉達（Jidda，沙烏地阿拉伯瀕臨紅海的城市）時撰寫的小說，素材全都汲取自現實生活；而書中的主角，也全都確有其人的。和傑佛遜深談之下，我發現，我30餘年前所旅居的這個保守的國度，許多古老的傳統依然像榕樹的根一樣緊緊盤踞著。換言之，小說裡所描繪的一切情景，今天依然是當地的生活實況。現階段，它雖然嘗試作出一些改變，但顯而易見的，改變的步伐是很緩慢的——當然，這總比不思改變來得好。

一直以來，禁止遊客到訪的沙烏地阿拉伯，都是蒙著一層密不透風的黑紗的。胡亂的臆測、荒謬的解讀，使他人對這個國家產生了嚴重的誤解，形成了異常紊亂的印象。我以旅居該地一年餘的經驗，提供了第一手的資料，把神祕的黑紗揭開，讓讀者得以清楚地窺見這個「琵琶遮面」的國度。

當年，日勝到吉達去，擔任一項浩大工程的總負責人，簽了三年的合約，我是以眷屬的身分偕同他去的。

在許多人的心目中，盛產石油的沙烏地阿拉伯，是一個遍地黃金的地方。然而，這些澄澄發亮的金子，卻不是易於探取的囊中物。

大漠一年分春夏兩季，短暫的冬天氣候宜人，但是，夏日氣溫高達四五十度，火焰般的太陽把整個大地轉化為一塊灼人的鐵板，走在街上，頭頂「嗤嗤嗤」地冒著可怕的煙氣。在建築工地上，工人中暑的事件屢見不鮮。

沙烏地阿拉伯是一個「政教合一」的國家，沒有任何的娛樂設施，電視播放的，主要是宗教節目。每天祈禱五次，是回教徒必須嚴格遵守的教規。祈禱時間一到，店鋪關門，所有的活動都得暫停。吉達全市沒有一家戲院，而任何公開的表演都在禁止之列。工作閒暇的消遣，少得可憐。

儘管工作環境有異他處而工作的艱辛又超乎想像，可是，超級高的薪酬依然使大家趨之若鶩。

初來乍到的我，只能用「震撼」一詞來形容心裡的感受。這是一個奇特的世界，我的認知被顛覆了、我的傳統受到了挑戰、我的生活習慣也徹底被改變了。身為女性，數之不盡的條規化成了一根根無形的繩索，將我捆得喘不過氣來。

震撼過後，是無奈的接受、是強制性的適應；然後，我反芻、我思索。

在這個大漠住下來以後，我慢慢地認識了許多來自世界各地的異鄉人。他們全都是懷著改善生活的美夢來此打拚的，但很不幸的卻在這裡碰上了像噩夢般的遭遇。有些人從噩夢中醒來後，重新振作，堅強而勇敢地開拓另一扇人生的大門；有些人呢，卻一蹶不振，永遠沉淪於無邊的黑暗裡，再也返回不了原來的生活軌道。

在和這些異鄉人交往時，我深切地感覺，他們就像是一部部厚厚的書，每一部書的內容都是絕無僅有的、豐富的、深邃的、動人的。在閱讀的過程中，我笑、我哭；而在笑聲淚影中，他們卻已禍福與共地成了我生命裡的一個烙印。

書裡的人物，不是從我筆桿裡流出來的，不是的。他們一個個都帶著我起伏的呼吸、帶著我澎湃的感情，從我心坎深處走出來。他們當中，包括了工程師、經理、行政人員、雜役、男僕、守門人、送飯僕從等等。他們不是象牙塔內虛無縹緲的形象，而是現實生活裡有血有肉的人物，因此，當他們在闃靜的夜裡一個接一個地走進我的稿紙裡時，我的心緒也像拋物線般，上上下下、起起落落，波動極大；我看到了塔巴古怪的駱駝臉、蘇里曼陰鷙的豹子臉、達力憂鬱的苦瓜臉、沙旺多稚嫩的娃娃臉，他們述說他們的喜怒哀樂、傾訴他們的得意失意、暢談他們的……而我，就在這一室無聲的喧譁中，痴痴地墮入了大漠過去那一段悲歡歲月裡。當我寫到沙猜本割腕自殺、合乃被遣送回國、沙旺多捲款私逃、塔巴痛打愛兒等等情節時，我的心，都有火烙般的痛楚。他們原本都是快樂純樸的人啊，但是，沉重的生活負荷、奇特的工作環境、孤寂的沙漠生活，卻使他們慘慘地陷落於生活險惡的流沙內。值得我們探討的是，環境原本是人性考驗的試金石、也是性格熬煉的磨刀石，然而，為什麼許多人都過不了這一關而扭曲了自我的本性呢？

這部小說，曾先後以《沙漠的悲歡歲月》和《沙漠的噩夢》為書名，分別出版；英譯本「*Death by Perfume*」則於 2015 年由 Epigram Books 出版（譯者為 *Jeremy Tiang*）。

玲子傳媒建議重新出版這一部反映我生命足跡的小說，經過慎重的考慮，我決定把書名改為《沙漠裡的故事》。在沙烏地阿拉伯這個廣袤的沙漠裡，有許多悲歡離合、喜怒哀樂的故事生生不息地發生著，就算說上一百年，也依然是說之不盡的。

這是一部多年前寫成的舊作，但是，它完全可以被視為一部嶄新的作品，因為在付梓之前，我作了大刀闊斧的修改與潤飾。故事的架構和情節是一樣的，可是，描繪的方式有了改變，而且，也增添了許多使書中人物骨肉更為豐滿的細節。

我大幅度地修改舊作，不是否定過去的自己，而是希望能夠更忠實地呈現自己現階段的創作面貌。

衷心感謝玲子傳媒的董事經理陳思齊女士與執行董事兼總編輯林得楠先生，讓我透過了「舊作新出」這個難得的機會，回顧審視自己的舊作，並以全新的姿勢重新出發。

本書是一系列「舊作新出」一個美麗的開端。

尤今

阿里和娜拉

阿里要當父親了，
然而，娜拉卻不是當然的母親。
阿里唱的是一支快樂的悲歌，
但是，娜拉唱的卻是一闕此生無盡的哀曲！

1

有一天晚上，已經八點多了，日勝還留在公司裡開會，我家門鈴忽然響了起來。我懷著警戒的心將門拉開一條小縫，朝外張望。站在門外微弱燈光底下的，是一個高瘦的阿拉伯人。他披著一方紅白相間的頭巾，穿著一襲奶油色的及地長袍，又圓又大的眼珠，在黑夜裡閃閃發亮。

「你找誰呀？」我問，雙手把門扳得緊緊的。

「請問，林先生在家嗎？」他問，清澈的目光裡，沒有半點令人起疑的邪惡。

我立即把門拉開了，說：

「他還在公司裡，今晚恐怕很晚才能回來。你有什麼事嗎？」

一抹失望，明顯地在他黧黑的臉飛掠而過；猶豫了一會兒，他才說：

「沒有什麼重要的事，就是想找他聊天。」

「呃——你把名字留下，我請他聯繫你好了。」

「哦，就請妳告訴他，警官阿里來找過他。」

說完，他微笑地朝我點點頭，轉身離開，高高的身子在月色下拖了一條長長的影子。

次晚，他又來了。我邀他進屋子裡，在屋內明亮的燈光下打量他，我發現他蓄有兩撇八字鬍，鼻子微翹，皮膚很黑，黑得發亮，但比他皮膚更黑更亮的，是他的眸子，這一雙眸子，看人時精銳、不看人時憂鬱。使人覺得舒服的，是他儀表的整潔，奶油色的長袍飄散著肥皂粉特有的芬芳，指甲修剪得圓圓齊齊的，沒有夾雜半點汙垢。

我為他倒了汽水，坐下來與他聊天。阿里的英語不是如水般的流暢，但是，他敢講，碰上不懂的詞彙，便以手勢助陣，所以，在溝通上全無問題。

他開門見山地問我：

「妳喜歡吉達嗎？」

坦白地告訴他，我才來了短短一個星期，還處在適應的狀態中。

「我們的國家，有許多美麗的傳統和風俗，住久了，妳一定會喜歡的。」他說，聲音裡透著驕傲：「阿拉伯人熱誠好客，一旦熟悉了，便把你當家人，掏心掏肺，很好相處。」

在聊天裡，我知悉阿里16歲便輟學而投入警界服務了，經過漫長十年艱辛的掙扎與不懈的努力，終於由一個雜務纏身的小警員擢升為身負要職的警長了。

「我的父親很早去世，母親含辛茹苦將我們四兄弟姐妹撫養成人。」他緩緩地說，眼睛迷濛地沉浸在久遠的往事裡：「我在家裡排行最小，母親一直希望我能把書讀好，再找份理想的工作。遺憾的是，我當年無知，老是逃學，著實傷透了她的心。現在想想，很是後悔，但是，時光又不能倒流，沒辦法啊！」

「你目前的表現，不就是她最大的安慰嗎？」我說。

「嘿，我這算是哪門子的表現呢？」他輕輕地笑了笑，但笑意只淺淺地停留在他的嘴角，不曾滲透進他的眸子裡；頓了頓，又說：「我現在正努力學習英文，希望過一兩年把語文的基礎打好後，便可以改行做生意了。」

在生意上賺大錢，便算是很有表現嗎？我想問，但不曾。彼此交情尚淺固然是原因之一，最主要的是，我不願意唐突地以自己的價值觀加諸於他人。甲之熊掌，乙之貓爪。青菜蘿蔔，各有所愛啊！

那天晚上，他在我們家談了兩個多小時才告辭。憑直覺，阿里似乎是個不快樂的人，和日勝提起，他卻淡淡地說：

「他也許只是不滿意自己的職業，隨便發點牢騷罷了！」

2

阿里每天早上九點半上班，下午兩點半便下班了。工作時間短，閒暇多，加上他住在我家附近，因此，常常在晚飯過後找我們聊天。來的次數多而逗留的時間又長，很快地，我們由相識而相知、由陌生而稔熟，談話的內容，也不僅僅停留於表面了。深入地探索他的內心世界，我發現我的直覺並不曾欺騙我。阿里真的不快樂，使他不快樂的，不是他的工作，而是他的婚姻。

阿里的妻子娜拉，才15歲，比阿里小了整整10歲。他們結婚雖然已經半年了，但同住的日子加起來還不到一個月。不是他的妻子不願意和他長相廝守，而是有人從中作梗，這個人，居然是娜拉的母親——阿里的岳母！

「我的岳父，是一所小學的校長，為人隨和。我的岳母呢，就完全不同了，她工於心計。結婚以前，對我一直客客氣氣的，但一收取了聘金而正式成親後，她便換了一副嘴臉，常常在娜拉面前將我批評得一文不值。這還不打緊，我們結婚不到一個星期，她便藉口娜拉年齡太小，不諳家務而把她叫回家去住。從那時起，直到現在，娜拉每週只獲准來我這裡住一天，妳看看，這哪裡像是婚姻呢？」他神情激動地說。

「娜拉本人有什麼打算呢？」我問。

「母命難違嘛，她還能怎樣！」他答，聲音裡透著無奈。

「那——她對你的看法怎麼樣呢？」

「哦，她很喜歡我。」他說，憂鬱的眼睛突然有了隱隱的笑意：「妳知道嗎，我足足熬了兩年才娶到她的！」

「咦，你們不是父母做媒撮合的嗎？」我好奇地問。

「不是的，是我自個兒上門求親的！」他得意洋洋地說。

「你們是怎麼認識的呢？」我追問。沙烏地阿拉伯風俗保守，男女婚前自由戀愛，是聞所未聞的！

「我們並不認識彼此。」他說，眼裡的笑意慢慢加深了：「兩年前，有一天，我駕車經過一條小巷，剛好她從屋子的後門走出來，沒有戴面罩，我不經意地和她打了一個照面，在這電光石火的一剎那，我的心弦起了莫名的顫動，好像有個聲音告訴我：是她，就是她！這樣強烈而又奇特的感覺，我這一生，從來、從來不曾有過。我多方打聽她的姓名，好不容易打聽出來後，便上門求親了。她的父母要求聘金四萬里亞爾（Riyal），我一個月的薪水才四千里亞爾，一時怎麼湊得出這麼大筆錢！我要求她父母給我兩年的時間，沒想到他們一口便答應了。那以後，娜拉休學在家等我迎娶，我也努力去賺錢。半年前，我不但湊足了聘金，也為娜拉買了好些首飾。為了迎娶她，我將屋子內內外外裝修得煥然一新。你看，我為她做了那麼多，她一個星期竟然只在我家待一天！」他一口氣把話說完後，眼裡的笑意沒有了，只留下了一絲絲的苦澀。

「你的岳母既然不講理，你為什麼不向岳父提出交涉呢？」我忿忿不平地問道。

「啊，岳父什麼都聽岳母的。他太隨和了，隨和得完全沒有主見！」他意興闌珊地說。

身為警官的阿里，在執行任務時，威風凜凜，但處理自己的家事，卻變得一籌莫展。

3

自從阿里將他婚姻的隱情向我們剖白以後，娜拉就成了我們家裡一個「無時不在」的隱形人物了。每次阿里來我家時，總把她掛在嘴上。愛，像是一條蛇，在他心裡竄來竄去，他的眉毛眸子嘴唇全都是歡喜。

有一天晚上，阿里又娜拉長娜拉短的，我忍不住問道：

「阿里，你什麼時候有空，帶我回家見見娜拉，好嗎？」

「沒有問題呀！」他爽快地答應了，但接著又遲疑了起來：「娜拉不懂英語，你們怎麼交談呢？」

「用手語呀！」我飛快地答。

他大聲地笑了起來，我的話其實一點兒也不好笑，但是，只要一提到娜拉，他就不自覺地高興起來。

星期五是阿里的休息日，也是夫妻倆的「相聚日」。晚上八點，他到我家來載我。神清氣爽的阿里，整張臉靜靜地散發著一種迷人的燦爛，一般，只有熱戀中的人才會綻放這種亮光。

車子由山脊上無聲地滑下來，駛入大街，駛了約莫十分鐘，拐進一條滿布沙石的泥路，顛簸地爬了一陣子，來到一條小徑，兩旁全是土堆瓦砌的典型阿拉伯房屋，扁扁的燈光從門縫裡洩了出來，透著家的溫暖氣息。車子喘著氣，停在一幢米色的房子前。

阿里微笑地說：「到啦！」

我們下車後，他在那扉漆成藍色的鐵門上重重地叩了幾下，鐵門拉開了一條細細的縫，有兩道目光從裡面射了出來。接著，鐵門大大地被拉開了。門內，是一張不算年輕的臉。臉的特徵是圓、是扁。扁圓的臉在笑，然而，這一抹笑意卻無論如何也掩飾不了臉上的疲憊。15歲的少女，怎麼會憔悴如斯呢？我想。心裡的感覺很複雜——有一點同情，有一點失望，又有一點茫然。我完全沒有辦法把眼前這個憔悴的形象和阿里口中描述的那個娜拉聯想在一起。

阿里關上門以後，轉身為我介紹：「這是我的姐姐法蒂瑪。」啊，原來她不是娜拉！嘿，我居然自作聰明地張冠李戴。阿里說：「她的丈夫最近遇上車禍去世，她和兩個孩子暫時寄居在我家。」

法蒂瑪以她粗糙的雙手熱切地握著我的手，拚命地點頭微笑。阿里以目光在屋內搜尋了一會兒，問法蒂瑪：「娜拉呢？」她說了幾句阿拉伯話，阿里點點頭，轉頭對我說道：「娜拉到我母親家裡拿咖啡豆，一會兒就回來！」

「你母親住在哪裡？」

「就在附近，她和我哥哥一起住。」

我在大廳的沙發坐了下來，窗戶長年關著，屋內沒裝冷氣，風扇咿呀咿呀地在轉，但卻驅趕不了屋內膨脹的熱氣。廳裡的裝飾，可以用「花團錦簇」四個字加以形容——地毯是深青色的，上面五彩花卉怒放著；沙發是硃紅色的，喜氣洋洋；四面的牆壁呢，漆上了鮮豔的橙色，我好像掉進了一個五彩繽紛的調色盤裡，被熱鬧的色彩浸得滿身斑斕。

等了約莫10來分鐘，叩門聲響起了。阿里跑去開門，一個全身披著黑紗的女子進來了。我趕緊站了起來，阿里溫柔地將她牽到我面前，說：

「娜拉，我的妻子。」

她伸手掀開了罩在臉上的黑紗，我突然怔住了。黑紗下面，是一張光采動人的臉。她的美，全集中在她的眸子。那是一雙黑白分明的大眸子，好似深潭靜水，裡面藏著一抹絢爛的彩虹，彩虹裡層層疊疊的全都是阿里的影子。然而，在那種夢幻的色彩裡，卻又難以掩飾地透著壓抑和渴望、痛苦和憧憬。

她眸子裡那豐富的內容，把我看呆了。

她放下了手中的咖啡豆，趨前來吻我的面頰，嘴唇溫軟一如玫瑰的花瓣，我甚至聞到了玫瑰的香氣。

阿里看著她說：

「娜拉，妳去泡阿拉伯咖啡，好不好？」

她默默地點了點頭，拿起了那包咖啡豆，朝廚房走去；阿里孀居的姐姐和兩個女兒則陪我們一起聊天。由阿里充當翻譯，偶爾我也用「手語」直接和她們交談，笑聲像陽光、像雪花、像雨點，灑落一地。

廚房裡，飄出了炒咖啡豆的聲音與香氣，阿里對著廚房，愣愣地出神。

過了大約半個小時，娜拉捧著托盤走出來。把托盤放在矮几上，她低著頭，將壺內金黃色的液體倒入小小的杯子裡；然後，雙手遞上一杯給我，棕黑色的臉，綴滿了宛若鑽石般的晶亮汗珠。

阿拉伯咖啡與我們慣常喝的那種香濃的黑咖啡全然不同，咖啡豆是米黃色的，在泡製時，加入了一種香料，味道如薑，辛辣濃烈。儘管味蕾難以接受那個怪異的味道，但基於禮貌，我強迫自己一口接一口地啜飲。娜拉坐在阿里旁邊，以清麗的眸子默默地看我。她滿頭濃黑的頭髮，結成了許多條細細的辮子，垂在腦後，這樣的裝扮，使原本年輕的她，顯得更加的年輕；然而，裹在鵝黃色長裙內那豐滿的身子，卻又遠比她實齡來得成熟。

阿里顯得有點心不在焉，每回望向娜拉時，眸子便像抹上了蜜糖，流光溢彩的目光裡，鼓鼓囊囊的都是話。她呢，低著頭，沒有回看他，但是，她知道，他的目光無處不在，當她感覺到他的目光蠕蠕地爬過她的臉時，她的臉便綻放無聲的煙花。

當天晚上，依照阿拉伯人款待客人的習慣，娜拉將準備好的黃薑飯和烤雞塊盛在大大的圓盤裡，大家席地而坐，用手抓飯來吃。娜拉沒有參與我們，只是靜靜地坐在一隅，看著我們盡情享受她巧手烹製的餐食，一直、一直地微笑著。

黃薑飯煮得粒粒分明，香軟可口；烤雞更是一絕，香氣扎實有力，脆脆的雞皮咬在口裡滋滋作響。

阿里說：

「每週一次，她都會花心思變出不同的花樣，寵我的味蕾。」

我問：

「她的拿手好菜是什麼呢？」

阿里滿臉得色地應道：

「不瞞妳說，就算妳只給她空氣做食材，她也能做出一桌好菜餚。」

大家都笑了起來，阿里把這話翻譯給她聽，她驀地羞紅了臉，阿里的眸子，泌出了千言萬語。兩個人，就在我面前以眼睛默默地說著話。

餐畢，娜拉要阿里和他一起到房間去。少頃，阿里手裡拿著一份禮品，遞給我，說：

「娜拉送給你的。」

我一開啟，雙眸立刻變得波光瀲灩。哎呀，這是我一直想要的面罩和斗篷呢！面罩是以質地上好的軟質薄紗織成的，黑色，邊緣還鑲上了金色的細緻花朵；斗篷也是黑色的，以輕若無物的絲綢縫製而成，披在身上，像披了雲絮。

「這些都是娜拉自己縫的。」阿里說：「她說，妳旅居吉達，出門時，也許需要披戴……」

啊，這娜拉，真是太太太善解人意了！

把面罩和斗篷拿在手裡反覆地看，針腳密密齊齊，邊緣那精神飽滿的花卉，像是金子打造的，閃閃爍爍地蔚成了朵朵一片星河，輝煌而又亮麗，啊，那不正是娜拉的心情寫照嗎？

「娜拉手藝真巧啊！」我讚嘆不已。

「嘿嘿，這只是雕蟲小技啦！」阿里洋洋得意地說：「妳知道嗎，我姐姐、我姪女、還有我的衣服，全都是她縫製的啊！」

看著阿里身上那襲裁剪合宜的及地長袍，我蹺起了拇指，說：

「阿里，你眼光真好！能娶到娜拉為妻子，真是三生有幸啊！」

原以為他會眉開眼笑，沒想到他的臉色卻像驟雨來臨前的天氣一樣陰暗起來，好半晌，才重重地嘆了一口氣，說：

「唉！眼光好，又有什麼用！最近，我母親老是逼我將她休掉，另外再娶！」

「休掉？」我驚問：「為什麼？」

「娜拉每個星期才來我家住一天，妳說，這是正常的婚姻嗎？」

「的確不是。」我嘆氣。

「我的母親覺得老是這樣拖下去，不是辦法。她已經60多歲了，急於抱孫。說坦白的，她也不是對娜拉有什麼成見，但是，她不喜歡我們目前這種生活方式。她已經放出風聲，請人幫我做媒了，妳看，我該怎麼辦？」

「去找你岳父，把話說個明白呀！」

「我去找過他了，求他讓娜拉搬過來，過正常的婚姻生活，但他什麼也沒講，只叫我去找娜拉的母親談。那個狡猾的女人，口口聲聲說讓娜拉自己決定……」

「那，娜拉怎麼說？」我急急問道。

「娜拉心裡當然百分之百願意囉，問題是她得不到母親的允許，怎麼也不敢擅自離開那個家。這樣來來回回談了好多次，都沒有結果！」阿里垂頭喪氣地說。

「那女人，太可惡了！」我動了氣，不由得提高了聲音：「你為什麼不斬釘截鐵地告訴她，你要休了娜拉，另外再娶，叫她把聘金退還給你，看她怎麼說？」

阿里抬起頭來看著我，有點激動地說：

「我如果這樣講，會傷害娜拉的！」

「哎呀，又不是真的休掉她，只是氣氣你岳母罷了！」說到這裡，我放緩了語氣，繼續說道：「我想，你的岳母如果真的討厭這門婚事，根本就不會答應讓你娶她。據我猜測，她只是想自私地把娜拉留在家裡幫忙做家務罷了！你去告訴她，你不願意這樣無休無止、沒完沒了地拖下去，說這話的時候，態度硬一點、口氣凶一點，她也許就會讓步了！」

阿里遲疑著沒有答腔，他擔心會弄巧成拙。

我使出「激將計」，說：

「你前怕狼、後怕虎，只好自己守在家裡伴著蟑螂和壁虎了。」

原本緊蹙著眉頭的他，聽了我的話，忍不住笑了起來，說：

「好啦好啦，我就照妳的話去試試吧！」

夜深，我們起身告辭。阿里把我們送回家去，在車裡，他沒有說話，顯得心事重重的樣子。

一邁進家門，日勝便說：

「妳怎麼胡亂幫人出主意呢？萬一把事情搞砸了，妳負得起這個責任嗎？」

坦白地說，我也惴惴不安，不是怕負責任，而是擔心萬一事情真的搞砸了，阿里會因此而遭受更大的痛苦。我曉得，他可以沒有一切，但不能沒有娜拉；然而，話說回來，有時，死馬當活馬醫，不是也能奏奇效嗎？

4

那以後，有兩三個星期，阿里沒上我家來。

我的心，好像被人撒進了一把灼熱的豆子，豆子滾來滾去，弄得我坐立不安。

在日復一日焦灼的等待中，有一個晚上，熟悉的敲門聲響起了。門一開，阿里便像三分鐘熱風般飛進了小白屋內。此刻，他瘦瘦的臉，百花綻放，精神飽滿的花卉，像是金子打造的，閃閃爍爍地蔚成了一片星河，輝煌而又亮麗。啊，那不正是娜拉親手繡織的花卉嗎？

不待我們發問，他就劈里啪啦地開口了：

「解決了，我的事情終於解決了，娜拉昨天正式搬進我家了！」

心上那塊巨石「砰」的一聲落了地，我原該笑，但不知怎的，眼眶卻溼了。握著阿里的手，我在淚裡微笑：

「阿里，我很高興，真的很高興呀！」

日勝給阿里倒了滿滿一大杯汽水，拍著他的肩膀，笑著說：

「阿里，從今以後，你我一樣啦！」

「什麼？」阿里聽不明白。

「都是失去自由的人啦！」

阿里大笑起來，我想：有了娜拉，即使真的在他腳上拴一條鐵鏈，他也會甘之如飴的！

嘎嘎嘎地笑了好一陣子，他才勉強地止住了笑聲，發出了像金子般澄亮的聲音，說道：

「我今晚來，是想知道你們下星期五有空嗎？」

「怎麼，要補辦婚宴啊？」我笑嘻嘻地問道。

「娜拉說，她想烹煮一頓好飯好菜，請你們品嘗。」他誠懇地說。

這是「慶功宴」啊，我興奮難抑而又迫不及待地應道：

「好啊，好啊！」

「中午十二點，我來接你們。」

到了星期五，我穿上了從百麥加買回來的傳統阿拉伯長袍，再披上娜拉為我縫製的黑色斗篷、戴上面罩，「全副武裝」地坐在屋裡等阿里。

阿里準時來到，看到我的裝扮，先是一愕，隨即笑了起來，說：

「我還以為老林多娶了一房阿拉伯妻子呢！」

「你以為我不想？」日勝趕快應道。

「你敢，我立刻就把你休掉！」我在黑面罩裡惡狠狠地答。阿里笑得更厲害了，問題解決了，他似乎變了另外一個人，大眼不再憂鬱，而笑容又「隨傳隨到」。

中午十二點的太陽，好像是一大塊烙鐵，一下一下地烙在我們身上，渾身好像著了火般疼痛起來，幸好車行不久就抵達阿里的家了。

來開門的，是個素未謀面的女子，她是阿里的大姐，輪廓很好看，只可惜歲月在她臉上過早地雕下太多的痕跡，她的臉，就宛若一張縱橫交錯的蜘蛛網。

屋子裡，還有阿里的二姐、阿里的母親、加上姐妹倆的孩子，一屋都是吵雜的人聲，確實有幾分操辦喜事的味道。

娜拉從廚房迎了出來，濃密的頭髮梳成了一個美麗的花髻，鬆鬆地盤在腦後。她穿著一件短袖V字領的紅色上衣，配以黑白條紋相間的曳地長裙，兩圈大大的金耳環在耳垂上活潑地晃動著。我不能克制地以目光向她發出了熱烈的讚美。

她趨前來抱我，親切地吻了吻我的臉，再矜持地向日勝點點頭，作了個歡迎的手勢，看起來儼然是個持家有方的小主婦了。

阿里將我們引入一個寬敞的房間，房內沒有任何桌椅家具，靠牆處放滿了顏色鮮豔的軟質坐墊。房間中央，鋪著一張繡著紫色花卉的白布，上面放著一個大盤子，盛著油亮的黃薑飯、大塊香味四溢的烤羊肉，還有一大碗切成細粒的番茄和洋蔥。新鮮的水果如葡萄、桃子、草莓、櫻桃、梨子、橙、香蕉，團團地點綴在大盤子的四周，五彩繽紛，美不勝收。

阿里夫婦與我們盤坐在地上，但我注意到他母親和姐姐卻不在，問起時，阿里說：

「她們在廚房裡吃。」

「為什麼不一起吃呢？」我驚詫地問道。

眼前的食物，即使20個人同吃，也還是吃不完呀！阿里瞅了日勝一眼，有點為難地說：

「根據阿拉伯人的風俗，女性是不允許與陌生的異性同在一起用餐的。」說著，又看了看娜拉，說：「她算是破例了。」

既然這是當地的習俗，我們便不再堅持了。

娜拉將漂浮著檸檬片的一碗水遞了過來，等全部人都洗過手後，阿里就率先以手抓飯送進嘴裡吃了。我不吃羊肉，飯很燙，我只能一小口一小口地抓著吃，吃得很慢，阿里笑著說：「我一口，可以當妳五口。妳為什麼不吃得豪放一點呢？看，好像我這樣——」他說著，撕了一塊肉，又抓了一大團飯，一起放進口裡去，乾脆俐落。我學他，抓了一大團飯，但是，送進嘴裡時，飯粒卻狼狽地掉滿一地，惹得他們都笑了起來。娜拉起身到廚房去，取了刀叉給我，我婉拒了，我知道，要成為阿拉伯人的家庭朋友，我就非得學會以手抓飯來吃。

餐後，我們回到大廳，娜拉為我們泡了薄荷香茶，在吃下了滿肚油膩之後，這樣的茶，的確有消滯去膩的作用。

阿里很喜歡小孩子，一直逗著泥泥玩，我笑著對他說：

「我們華人在婚宴上常常祝賀別人早生貴子，現在，我也把同樣的賀詞送給你！」

「哦，孩子越多越好耶！」阿里伸出了兩個巴掌，看著娜拉，說：「至少也要有十個啦！」

娜拉從他的手勢和表情猜到他談話的內容，雙頰緋紅，嬌羞垂首，嘴角輕輕地蕩著一抹笑意。

「十個孩子？嘿嘿，太辛苦了！」我故意澆他冷水：「娜拉未必肯吧？」

「是的，我和娜拉談過，她不肯。」他飛快地應道：「她告訴我，她要十五個哩！」

此話一出，笑聲像煙花般爆滿一屋。

經過了半年的「霜結雪封」，阿里總算盼到了燦爛的春天了！

我們起身告辭時，已是下午三點多了。娜拉一直將我們送到大門口，握著我的手，說了好幾句阿拉伯話，阿里翻譯成英語，說：

「娜拉要妳把這裡當作妳的家，常來走動。」

明年今日，再來這裡，我肯定，一定會有個小阿里或是小娜拉舞動著肥肥的手和腳，咿呀咿呀地向我們撒嬌。

啊，阿里終於和他的憂鬱告別了！

5

在阿里的生活回到了正常的生活軌道後，我生活的小舟卻遇上了風浪，顛簸不休。

泥泥住在沙飛塵揚的吉達，氣喘不時發作，我三天兩頭抱著他往醫院跑。後來，呼吸愈見困難，小小的胸腔好似拉風箱一樣，起起伏伏；嶙峋肋骨，歷歷可見。醫生要他住院觀察，但我看他被這名專科醫生治療了那麼一段長時間，病情都不見起色，又哪能放心呢？和日勝商量之後，決定帶泥泥返回新加坡。至於日勝呢，在往後的兩年，就只能在大漠裡孤軍作戰了。

返回新加坡之後，泥泥得到妥善的治療和無微不至的照顧，逐漸康復了。我把他送進托兒所，自己也回到報社上班了。

那天，趕完了稿子，疲憊萬分地回到家，還未坐下，便接到了日勝自吉達撥來的電話：

「小白屋沒了。」

「什麼？」我懷疑自己的聽覺出了毛病。

「電線走火，我得到消息趕回去時，烈焰已經發狂地吞噬了小白屋……」

「你有受傷嗎？」我急急問道。

「起火時，我不在屋子裡。」

只要人安好，一切都沒有關係了。我甚至把這當作是一個「好消息」——屋子化為灰燼，人卻毫髮無損，那是多大的一種福報啊！

日子慢慢流走了，在那兒待了三年多的日勝，即將結束合約。我們決定在吉達會合，再一起到中東其他國家旅行。

原本以為一輩子也不會重返吉達的我，現在，又重臨舊地了。

抵達時，是凌晨三點。四月的吉達，冬季剛過，寒意猶在。車子在沙漠暗沉的夜色裡飛馳著，而我，卻在想著我心愛的那間小白屋，那間我住了整整一年、鑲嵌著無數笑聲與淚影的小白屋。這場大火，使我在各地旅行時蒐購的紀念品化為烏有，而且，還使我留存在那裡的寶貴記憶像個虛飄飄的幽靈般找不到個落腳處。

想起了時常造訪小白屋的老朋友阿里，我問日勝：

「阿里近況如何？」

「我們常有聯繫，明天是休息日，我已經邀請他到家裡來和妳小敘了！」

談著談著，車子已爬上了那個我很熟悉、但感覺上又好像很陌生的泥褐小山頭。立在山脊的，是那間新建的屋子。四四方方，好像一個死氣沉沉的火柴盒，白白的亮漆在黑夜裡閃著刺眼的光，才瞅一眼，便不喜歡，幸而我只在這裡逗留短短幾天而已！

連續飛行了八個多小時，很疲倦，倒頭便睡。睡醒時，廳裡隱隱約約傳來了細細碎碎的談話聲。

啊，是阿里呢！

我一邁出房門，他便飛快地朝我衝過來，咧著嘴，笑得像個大孩子：

「嘿嘿，兩年前，妳不告而別；現在，又靜悄悄地飛回來，吉達對妳還是有點吸引力的，對嗎？」

「不對，吸引我回來的，是你和娜拉。」我笑嘻嘻地說。

「娜拉不時還會提起妳呢！」阿里笑道：「妳這回打算住多久？」

我豎起了四根手指：「你猜？」

他高興地說：「四年。」

我笑出聲來了，應道：「四天。」

「什麼？」他嚷了起來，孩子氣地扣住我的手腕，狠狠地說：「妳敢，妳敢只住四天就回去，我就用手銬扣著妳，送妳進牢獄，讓妳住個一年半載！」

「噯，別鬧了！」我掙脫了被他扣得發痛的手，說：「你倒說說看，你要怎樣招待我這個只住四天的貴賓呢？」

「當然是最高規格囉！」他不假思索地說。

「什麼是最高規格？」我問。

「最高規格便是——妳要怎樣便怎樣。」

大家一起笑了起來，我告訴阿里，這次重來，希望可以多拍一些照片留作日後的紀念。

「沒有問題，我陪你們去，你們要拍啥便拍啥！」阿里拍著胸口承諾。

沙烏地阿拉伯有許多地方是嚴禁攝影的，阿里是警官，有他陪著，果然處處通行無阻。許多過去想拍攝而不敢拍的、要拍攝而不能拍的，比方說，富麗堂皇的皇宮、骯髒的菜市場、古老陳舊的建築，熱鬧喧譁的大街，陰森恐怖的執刑廣場等等，我們都如願以償地一一攝取了鏡頭裡。

遊畢拍罷，已是日落西山了。阿里有事，不能和我們共餐，不過，約我們明晚去他家，和他家人一起用餐，我們高興地答應了。

與阿里同遊竟日，我居然沒有發現他的心被一個巨大的陰影沉沉地壓著。也許，他不願影響我的遊興，故意裝成若無其事的樣子。

次日傍晚，阿里來接我們時，我取出一塊紅底暗花的極品絲綢，對他說：

「瞧，仔細瞧啊！」

他果真雙目炯炯地盯著我手上的絲綢。

我把偌大一塊絲綢捲成一小團，緊緊地攥在掌心裡，問：

「你現在看到什麼？」

他老實地說：

「我看到你的拳頭。」

我忍住笑意，張開拳頭、原本萎靡地縮在掌心裡的那塊絲綢，忽然不可思議地「活」了起來，變成了一道鮮紅色的「瀑布」，從我掌心裡快速地傾瀉而下，輕、薄、柔、細。像這樣的上等絲綢，不管怎樣搓它、揉它、握它，它都不起皺。永遠的風平浪靜、永遠的不動聲色、永遠的諱莫如深。

我說：

「娜拉穿上了這襲絲綢衣裙，肯定美若天仙啦！」

阿里將絲綢在自己身上比了比，又驚又喜地說：

「真是輕若無物啊，即連我這魯男子穿了，也美若天仙哪！」

我笑了起來，說：

「給你穿呢，就等於是一朵鮮花插在牛糞上了。」

他嘆了一口氣，說：

「妳這人，真是不善啊！」

我接著又取出了一套嬰兒衣褲給他，說：

「不知道現在這套衣褲可以派上用場了嗎？」

我這樣開門見山地問，一點兒也不唐突，因為阿拉伯人把「多子多孫」看成是「多福多祿」的象徵。阿里就曾揚言，他要和娜拉生足十個兒女。

沒有想到，聽到這話，一朵烏雲快速罩了下來，他的臉，在頃刻間變成了發霉的天幕。

「怎麼啦，你？」我警覺地問。

「沒什麼。」他語調懨懨地說：「我是快要當父親了。」

以這樣的口氣宣布這天大的喜訊，阿里的語調和神情都顯得太古怪了，古怪得令我心驚；難道說，嬰兒被驗出了先天智力有缺陷？

我難過而又同情地問道：

「孩子幾時出世呢？」

「今年十月左右。」

「啊，如果能夠生個像娜拉一樣的女兒，肯定很漂亮啦！」我故作輕鬆地說道，但就在這電光石火間，我看到他的臉閃過了一抹痛楚。

就在這時，外出辦事的日勝回來了。

「嗨，阿里，來得這麼早啊！」

「你還說早。」阿里瞄了瞄手錶，說：「剛才，五點一過，娜拉就拚命催我來接你們了！」

車子平平地滑下了山頭，猩紅的落日靜靜地在大路的盡頭壯烈地燒出滿天璀璨，為大地鋪陳出一片絢爛的血紅；即使有人故意以染色劑去染，恐怕也染不出這樣瑰麗的色彩。坦白地說，大漠景緻，最使我留戀的，除了落日以外，還是落日，它虛幻而又霸氣、蒼茫而又熾烈，好似魔術棒變幻出來的；只是它所呈現出來的輝煌，短如曇花，乍起乍滅，你還在嘖嘖讚嘆，它卻已抽身離去，那種毫不眷戀的決斷，令人驚心。

我們在漫天的霞光裡，讓車輪顛簸地輾過凹凸不平的石子，轉入瘦瘦的小徑裡。遠遠地，我便看到阿里的屋子了，令我驚訝的是，那幢屋子，原本是單層平頂的，現在卻變成了雙層的，擴建工程還在進行中，屋頂尚未蓋好。

「阿里，你孩子十月才出世，你居然就擴建屋子了，太急了吧？」

阿里突然來了個緊急煞車，一臉凝重地回過頭來，對我鄭重地說道：

「等一下見到娜拉，請妳千萬不要提起孩子的事，因為懷孕的，是我的第二個妻子烏妲。」

「什麼？你又多娶了一房妻子？」

我的頭髮像是尖銳的鋼針般，一根根豎立了起來，然而，與此同時，我卻又清楚地看到悲傷好像日蝕一樣蠶吞著他瘦削的臉，我知道，他應該是有不得已的苦衷，才出此下策的。

我讓自己變成一塊磨刀石，讓他以沉默來磨我的耐心。

此刻，風在山丘與山丘之間、沙石與沙石之間迴旋，發出了虛張聲勢的「嗚嗚」聲，我被一片熱鬧的風聲包圍著，心裡卻空落落的虛得慌。

過了彷彿一世紀那麼久，阿里才開口了，他的語調是平靜的，可是，在很深很深的那個地方，卻蠕動著一種難以稀釋的悲哀。

「我娶烏妲，完全是母親的意思。你知道嗎，娜拉，她，呃，醫生已經證明她患有不育症。」頓了頓，又說：「對於阿拉伯人來說，孩子是非常重要的；沒有孩子的婚姻，是沒有根的。娜拉不能生育，我遲早都得娶其他女人。我之所以那麼快迎娶烏妲，主要是母親年邁，急於抱孫。」

我的心，突然爬滿了荊棘，我被刺得很痛。一眼望過去，周圍的景色都變成了濛濛的灰色，山丘是灰色的、天空是灰色的、沙石是灰色的、連風都變成了灰色的。只有娜拉的臉是彩色的，黑色的瞳孔顧盼生輝、緋紅的雙頰笑意流蕩。然而，不旋踵，這張臉，竟然也變成了灰色的。深灰色的臉上鑲嵌著兩隻灰兮兮的眼珠，那是一張傷心的臉。

想到娜拉傷心的樣子，我簡直不想邁進阿里的屋子了。半晌，我才問道：

「你和兩房妻子都住在同一所屋子裡嗎？」

「烏姮目前暫時住在東部小鎮扎赫蘭的娘家，等我的屋子擴建好了，我便得接她過來一起住了。」阿里說著，從皮夾裡抽出一張一寸半的黑白照片，遞給我，說：「這是烏姮。」

照片裡的烏姮，特徵是「長」——長髮、長臉、長頸、長鼻子。除了滑稽之外，有幾分跋扈的凶氣從照片裡掩抑不住地流了出來。把照片還給阿里，我憂鬱地說：

「恭喜你了，終於要當爸爸了。」

他露出了一抹淡淡的笑容，發動了引擎，說：

「這是我母親的第一個內孫，她比誰都高興，所以，她近來對娜拉的態度也好得多了！」

抵達後，阿里的母親迎了出來，因為屋子太暗了，看不清她臉上的表情。她抓著我的手，放在乾癟的唇上親了親，然後，再以阿拉伯話告訴阿里，屋子停電，不能亮燈。跟在阿里母親背後的，是娜拉。她在我臉頰上輕輕地吻了吻，然後，溫柔地把我牽入屋子內。大廳裡，蠟燭上的火焰在黑暗中努力掙扎，結出一朵朵閃閃爍爍的燭花，幽幽忽忽地散發著一種詭譎的氣氛。

在搖曳的燭光下看娜拉，發現她的整張臉像被刀子齊齊地削去了一圈，比起一年前來，瘦多了，但是，比黃花瘦的她，卻別有一番惹人憐愛的風姿和韻味。

知道我不吃羊肉，這一回，娜拉為我們準備了雞肉八寶飯，銅盤上盛滿了大塊的烤雞而下面墊以甜味糯米飯，飯內夾有軟而鹹的花生。

我們席地而坐，娜拉在房間的每個角落裡點上了蠟燭，燭光把我們的影子隨意剪了，貼在牆上，像一群魑魅魍魎。室內很靜，靜默中只聽到白燭不斷淌淚的聲音。

這頓晚飯是在相當鬱悶的氣氛下吃完的，雖然每個人都嘗試打起精神來說話，但是，大家各懷心事，因此，氣氛便顯得極不自然，甚至，有點僵冷；和一年多以前那種笑聲爆滿一屋的情況相比，真有「物是人非」的感覺。

飯後不久，我們便告辭了。

娜拉默默地吻我雙頰，臉頰相觸處，一片冰涼、一片潮溼。

啊，娜拉哭了！

阿里要當父親了，然而，娜拉卻不是當然的母親。阿里唱的是一支快樂的悲歌，但是，娜拉唱的卻是一闋此生無盡的哀曲！

駱駝「塔巴」

他的鼻子很大，壓在臉上，像一座山；
兩個朝天的鼻孔黑洞洞的，深不見底。
那雙微微向外凸著而眼梢朝下的眸子，
深邃而又暗沉，裡面好像裝滿了沉甸甸的悲傷。

1

我是在新加坡認識塔巴的，後來雖然在沙烏地阿拉伯和他成了熟稔的朋友，但是，初次與他晤面時那種突兀的感覺，迄今還清晰地留存於心頭。

記得就在我準備遠赴沙漠生活前的一個星期，日勝興沖沖地告訴我，他已邀約塔巴與我共進晚餐。塔巴原籍英國，是電氣工程師，到沙烏地阿拉伯工作已有十多年，現在利用年假到新加坡旅行，是我探聽沙漠生活實況的最佳對象。

我們在一家環境清幽的海鮮餐廳定了位子，由於一路上交通阻塞，抵達那裡時，塔巴已坐在臨海的一張桌子旁等著我們了。

他站起來與我握手，我的心猛然跳了一下——明明素未謀面，怎麼卻似曾相識呢？

他的鼻子很大，壓在臉上，像一座山；兩個朝天的鼻孔黑洞洞的，深不見底。那雙微微向外凸著而眼梢朝下的眸子，深邃而又暗沉，裡面好像裝滿了沉甸甸的悲傷。他看人時很專注，但由於太專注了，彷彿看的是對方的靈魂而不是面孔，令人渾身不自在。才40來歲，但卻蒼老得不成樣子，兩道深深長長的皺紋由眼尾迤邐地一直延伸到嘴唇旁邊，像被人狠狠地砍了兩刀似的。

塔巴是一個寡言少語的人，談及沙漠生活時，他輕描淡寫地說道：

「我不願以個人的觀感來影響你，你的眼睛將會給你最好的答案。」

看到我一臉失望，他又懶洋洋地補充道：

「當然，那絕對不是一個壞地方；不然，我會待上長長的11年嗎？」

那天晚上，在回家的路上，塔巴那張怪異的臉不斷在我腦海盤旋，突然，我脫口而出：

「啊，駱駝！」

剛才我之所以覺得他「似曾相識」，主要是他長得像駱駝，很像、極像！

把我對塔巴的印象告訴日勝，他吃吃地笑了起來，說：

「嘿嘿，他的綽號正是駱駝哩！」

難道說，在沙漠裡生活得久，樣子就會改變嗎？我默默地想，下意識地摸了摸自己的臉頰，心房怦怦地加速了跳動。

2

和駱駝塔巴再度晤面，是在吉達港一對英國夫婦的家裡。

約翰和珍妮到沙漠居住，已經長達14年了。前幾年在首都利雅德工作，最近6年，才調到吉達來。夫妻倆都很好客，經常在家裡宴請朋友。

那天晚上，日勝因公司開會而回來較遲，當我們趕到約翰坐落於市區中心的寓所時，大部分賓客已到了。

我一眼便看到了駱駝塔巴，他坐在靠牆那一張沙發上，面無表情。看到了我們，懶洋洋地站了起來，有神沒氣地打招呼：「嗨。」

「嗨！」我應，順手把兩歲的孩子泥泥推到他面前，說：「泥泥，叫叔叔！」

此刻，塔巴灰濛濛的眸子忽然起了魔術般的變化，綻放出兩股很亮的光芒，亮光裡面還有笑影在晃動哪！泥泥抬頭看他，被他那怪異的樣子嚇著了，緊緊地抱著我，怎麼也不肯開口喊他「叔叔」。

塔巴蹲下身子，用厚厚的手掌親暱地觸了觸泥泥的臉頰，以異常溫柔的語調說道：「叔叔有好多玩具、好多糖果哩！告訴叔叔，你喜歡什麼？」泥泥不答，當塔巴再開口時，他乾脆躲到我身子後邊去了，眼不見為淨。塔巴若無其事地站了起來，反倒是我，十分尷尬。

這時，女主人捧著飲料走了過來，訝異地看了看我和塔巴，說：

「咦，你們原本認識的？」

「在新加坡見過一面。」我說。

「新加坡？」珍妮側頭想了想，才恍然笑道：「啊，是了，塔巴最近曾到新加坡度假。他很喜歡新加坡，說那兒是花園城市，美得像人間仙境，說得我和約翰都心動了，我們打算明年初去玩一趟。」

說著，她把手裡的飲料遞給我，說：

「你們談談吧，我廚房裡還有些事要做。」

她轉身走開後，對著木訥的塔巴，我一時竟找不到適當的話題，兩個人面對面站著，氣氛顯得有點僵。他用手指了指沙發，淡淡地說：

「坐吧！」

坐下以後，我問他：

「你和約翰，是在英國認識的吧？」

「我們是同事，現在，又是鄰居。」

「鄰居？你也住在這幢公寓內？」

「是的，就在隔壁。」他用手指了指對門那間公寓，再反問我：「你們呢？是不是住在老林原來那間小白屋裡？」

我點頭，尚未答腔，他又說道：

「那裡離開市區很遠，不太方便。不過，你們來了，老林就不愁寂寞了。沙漠的生活，有時的確寂寞得令人受不了！」

我隨口問道：

「你的家眷呢？為什麼不一起帶來？」

「孩子要讀書，不方便啦！」他含糊地應道，指了指挨在我身邊的泥泥問道：「這孩子，幾歲啦？」

「兩歲多。」我說。

他把手伸進褲袋內，掏出了幾顆巧克力糖，遞給泥泥，說：

「給你，通通給你！」

抵受不了「誘惑」，泥泥臉上有了些許笑意，但是，塔巴的樣子卻又使他躊躇不前。塔巴又從褲袋裡快速地掏出了一輛小巧玲瓏的玩具車，以一種比陽光更明朗的聲音說道：

「來吧！孩子，過來吧！」

泥泥自小喜歡玩具車，塔巴這一招果然奏效了，泥泥的防線全面崩潰，順從地走到他身邊去了。

實在想不到這樣一個外表看似古板的人，褲袋裡竟然「另有乾坤」地藏著討取孩子歡心的各式玩意兒！

當晚，泥泥玩得非常盡興，牽著塔巴的手，叔叔長叔叔短地叫；離開約翰的家時，一老一小，已是難分難捨了！

在回家的路上，我對日勝說道：

「駱駝這人雖然古怪了些，但對孩子卻很有耐心呀！」

「他的確喜歡孩子。」日勝說：「他的褲袋呀，就好像一個應有盡有的百寶箱，把孩子們逗得樂呵呵，他們背後都叫他聖誕老人哩！」

想到他剛才的舉止，我忍不住笑了起來，問道：

「他自己有幾個孩子啦？」

「我不太清楚。不過，去年暑假他曾回英國，把一個孩子帶來這裡住了一陣子。」

「妻子有一起來嗎？」

「沒有。」

「他好像不太喜歡談他的家庭……」

日勝側頭看我一下，帶笑地反問我：

「有哪一個男人會整天把妻子和孩子掛在嘴邊的呢，你說？」

「那些愛妻如命的人，會。」我笑嘻嘻地應道。

3

在吉達居住期間，我的三餐都是由公司僱用的廚師煮好了，放在餐盒裡，送到小白屋來給我的。

沙烏地阿拉伯是個回教國家，禁食豬肉。菜餚裡少了豬肉，就少了很多變化；偏偏有許多工人又是不吃牛肉的，因此，一個星期裡，有五六天都吃雞肉，吃得我「聞雞色變」。

這天，掀開餐盒一看，哎呀，又是雞肉，全身便不由得起了雞皮疙瘩。市區中心最近開了一家新的餐廳，專賣義大利餡餅，日勝問我可願一試？我二話不說，立刻將盛著炸雞的餐盒擱進冰箱，一家三口雀躍萬分地出門去了。

餐廳的情調極好，葡萄狀的大圓燈散發出朦朧的紫色，有一種細緻的溫暖。食客很多，座無虛設。正當我們以目光搜尋空位時，角落頭有個人朝我們招手。「塔巴，塔巴在那兒呢！」我高興地說，朝他快步走過去。

塔巴站了起來，臉上的笑容是朝泥泥綻放的，他手腳麻利地把泥泥抱了起來，故技重演地從褲袋裡摸出了幾顆糖果；泥泥接了，親親熱熱地叫道：「叔叔！」又指著放在他面前吃了一半的餡餅，說：「我要吃這個！」他滿臉溺愛地說：「好好好，你要吃多少，便吃多少！」

我們點了一客乳酪蘑菇碎肉餡餅，外加三杯鮮橙汁。

在等待食物時，日勝閒閒地問他：

「怎樣？最近很少見到你，忙些什麼？」

「哦，我回了英國一趟，前幾天才回來的。」

「回去多久？」

「兩個星期罷了，主要是回去看看傑克。他學校放假，我本來想帶他來住一陣子的，但他嫌這裡太熱了，不肯來。所以，我只好等下一個假期囉！那時，吉達已是冬天了，他來住，也就舒服得多了！」

談到孩子，這個男人竟滔滔不絕。

「我記得他去年冬天也來住過一陣子的。」日勝說。

「是的。」塔巴蒼老的臉忽然閃現了一抹縱容的笑：「去年來時，他嫌生活太悶了，天天往英國大使館跑。今年如果他來，我打算向公司請假，帶他到附近的國家玩玩……」

「你的妻子也一起來吧？」我問，心裡盤算著，到時請他們一家子來家裡吃頓便飯。

「不。」他說，圓圓凸凸的眼珠朝我瞪了一下，似乎嫌我多嘴。

我有點尷尬，幸好食物在這時端上來了，暫時分散了大家的注意力。餡餅驚人地大，攤在桌上，像一塊圓形的抹桌布，我們一家三口幾乎把肚皮撐壞了。

付帳後，塔巴抱起了泥泥，似是不經意地說：

「來我家坐坐吧，我這回在英國買了好些玩具，讓泥泥去挑一個。」

他眼裡那份無聲的懇求使我和日勝都不忍拒絕。

令我非常驚訝的，一個獨居男人的家，竟整潔如斯。沙漠區沙飛塵揚，我終日掃掃這裡、拭拭那兒，都難以做到窗明几淨；然而，他這樣一個工作忙碌的大男人，屋子居然纖塵不染，想必工作閒暇時把時間都花在收拾屋子上了。

他把幾款不同的模型小車擺放在地毯上，對小泥泥溫柔地說道：

「你要哪一輛，自己挑吧！」

泥泥左手拿了一輛警車，右手又去抓一輛消防車，只恨自己沒有多長幾隻手。看到泥泥眉眼鼻唇上星星點點的笑意，塔巴慷慨地說道：「拿去，拿去！全都拿去吧！」泥泥無端端變成了一個小富翁，高興得咧嘴而笑。他趴在地上，把車子推來推去，玩得不亦樂乎。

大廳中央的牆壁，一字排開，全都是書架，書架上整整齊齊地放置著許多大塊頭的書籍。他隨手抽出了一本厚厚的精裝書，小心翼翼地開啟來，我定睛一看，嘿，原來那是一部「打腫臉充胖子」的書，在那空空的「心窩」裡，赫然躺著一瓶威士忌酒！

沙烏地阿拉伯是一個禁酒的回教國家，但我老早就聽說有許多洋酒在這裡進行黑市買賣，售價極高，一支威士忌，動輒要價兩三百美元。

塔巴拿著酒瓶對日勝說道：

「老林，你也來一杯吧？」

日勝許久滴酒未沾，自然想喝，但一想到待會兒還要駕車回家，便強自克制而搖頭拒絕了。

他自己斟了一小杯，坐在沙發上，慢慢啜飲。屋內昏黃的燈把他微駝的背影牢牢地釘在地上，我看到他拿著杯子的手微微地顫抖著，心裡突然覺得有點難過。

4

夏天的步伐，像老牛破車，沉重而又緩慢。每回一走到戶外，一束束陽光，便毒毒地化成一叢叢火焰，灼得人渾身生痛，我覺得自己像是擱在鐵板上的一塊肉，嗤嗤地冒著煙氣。

這段期間，我們和駱駝塔巴見過幾次面，但都不是特意約見的。有三次是在約翰的寓所，有兩次則是在餐廳。他老是一副懶洋洋的樣子，除了孩子以外，似乎什麼都引不起他的興趣。他的人緣不太好，但是，他卻很有孩子緣。一些家庭在舉行家宴時，特別喜歡邀請他，為的是讓他把歡笑帶給孩子；而他呢，除了與孩子打成一片之外，很少主動與其他客人攀談。老實說，我從來不曾認識過——個性格矛盾如斯的人。他待人硬邦邦地像塊鐵，陰森而又冷漠，但一看到小孩，整個人卻變成了柔兮兮的水，開朗而又熱誠。怎麼會這樣呢？真令人百思不得其解。

這一天，我開啟大門，一股舒適的涼意倏地纏上身來，我這才驚喜地發現，啊，冬天已悄無聲息地來了！冰涼的風吹在身上，我們像是遊進了水裡的魚，有說不出的爽快；夏天被太陽灼死的細胞，也一一活過來了。我們心情大好，帶泥泥出門的次數，也顯著地增加了。

吉達沒有戲院，也沒有其他娛樂場所，唯一的「兒童遊樂場」又可笑地劃分出「男人日」和「女人日」。在「男人日」裡，女人不能進去；在「女人日」裡，男人須止步。我們雖然很想帶小泥泥去玩，但一想到那限制極嚴的條規，便提不起勁來了。

我們最常去的地方是紅海畔，一到傍晚，遊人如織，售賣各式紀念品和各類小食的攤子多如過江之鯽，男女老幼如蟻附羶。許多阿拉伯人舉家出遊，男人在地上鋪了小毛毯，舒舒服服地躺著，半導體收音機播放的阿拉伯歌曲震天價響，他們就在到處亂竄的音符裡，呼嚕呼嚕地抽著水煙。蒙著黑紗的阿拉伯婦女，默默地在一旁準備點心和飲料，侍候夫君、照料孩子。

這晚，我們一家三口在紅海畔散步時，泥泥突然掙脫了我的手，一面跑一面興奮地喊道：

「叔叔！叔叔！」

塔巴正站在一個冰淇淋攤子旁，一隻手親暱地搭在一個男孩子的肩膀上。聽到泥泥的叫聲，他轉過身來，眼裡立刻湧滿了笑意，快速伸手把他抱了起來，舉得高高高高的，不斷地搖晃，泥泥興奮地尖叫，塔巴呵呵地笑，那種笑聲，浸泡在肥肥的幸福裡。玩鬧了好一會兒，他才把泥泥放在地上，然後，指了指身邊的男孩子，以一種難以掩飾的歡喜和驕傲，對我說道：

「這是我的孩子傑克！」

飽滿的雙頰，泛著健康的玫瑰紅，像一枚剛從樹上摘下來的蘋果。蔚藍色的眸子，像塗了亮漆，稱得上流光溢彩。滿頭鬈髮，宛若一圈一圈快活的笑影。這傑克啊，活脫脫就是從畫冊裡走出來的小天使嘛！

不待塔巴囑咐，他便乖巧地朝我和日勝一一問好。

我握著他小小的柔軟的手，問道：

「傑克，你幾時來的呀？」

塔巴神色得意地搶著答道：

「我前天回去英國把他帶來的！」

「準備逗留多久呢？」

「三個星期。」依然是塔巴的聲音：「我下週會向公司請假八天，帶他去埃及玩玩。」

「爹地，我要看金字塔、人面獅身！」傑克天真爛漫地說道，澄藍色的眸子盛滿了憧憬：「我還要騎馬、騎駱駝，還有，去尼羅河划船！」

「當然，親愛的，一定，一定！你要玩啥便玩啥、要去哪便去哪！」

塔巴一邊掏錢買冰淇淋，一邊溺愛地應道。他幫泥泥和傑克各買了一盒特大號的雪糕，還想幫我和日勝也買一份，我們趕快搖手拒絕了。

「你要到埃及去，我們有些旅遊資料，你要參考嗎？」日勝問塔巴。

「不必了！」塔巴搖頭說道：「這幾天我要上班，晚上又帶傑克到處逛，實在抽不出時間來讀什麼資料了，反正我是參加旅行團的，一切都由別人安排，什麼都不必我操心！」

「那白天你工作時，誰照顧傑克呢？」我關心地問：「你可以在上班前把他送來我們家，我代你照顧。」

「啊，不必不必，謝謝謝謝！我已經拜託珍妮照顧他了，他和珍妮的長子安德烈很合得來。有個伴，時間也容易打發！」

「現在，一起去喝杯咖啡，好嗎？」日勝建議。

塔巴以徵求的眼光望著他的寶貝兒子，傑克搖頭說道：

「爹地，回去吧，你剛才不是說有點累嗎？」

啊，真是善於體恤別人的好孩子呀！

我們和塔巴揮手道別。

5

過了幾天，我接到了雙親從新加坡託人捎來的一大箱土產，有咖啡粉、綠茶、普洱茶、花生糖、香酥餅、杏仁餅、夾心糖、芝麻酥、雞肉乾等等。我分成了三份，一份自己留著、一份送給當警官的好友阿里；還有一份呢，我準備送去給珍妮。

當天中午，閒著沒事，吃過午飯後，我便到珍妮那兒去了。應門的，正是珍妮。她脂粉未施，臉色灰暗，眼白被些許紅絲纏著，似是睡眠不足的樣子。

——看到我，她招呼了一聲以後，立刻把嗓子壓得很低地說：

「待會兒你見到傑克，什麼都不要問、什麼都不要說，就裝成若無其事的樣子。稍後，我會把一切告訴你的！」

我不明所以地點了點頭，狐疑地跟著她走進屋子裡。

傑克坐在沙發上，儘管珍妮事先已照會過我，但乍見他的那一剎那，我的一顆心，卻像被錐子猛然鑽了一下，劇痛。

啊，這、這哪兒是我幾天前見到的那個像天使般的小男孩呢？

他兩邊的臉高高地腫了起來，好像被人硬生生地灌進了過多的氣體；臉頰上原有的玫瑰紅，被「惡作劇」地塗成了黑紫色；仔細看時，一塊塊的，全是被毆打的瘀痕。由於腫得太過厲害，把他那雙又圓又大的眸子擠成了一條縫，而一種近乎絕望的憤怒與悲哀，就從這道細縫裡迸射出來。整個人，看起來如同一隻血脈僨張的小公雞。

此刻，我覺得有一條蛇鑽進了心裡，有一種冰涼的恐懼在體內恣意流竄。

我強自壓抑著翻湧的思潮，急匆匆地步入了廚房。

這時，是下午一點整。

我聽到珍妮細細碎碎的聲音斷斷續續地從大廳裡傳進來：

「你昨晚沒吃多少東西，現在又不肯吃，會餓壞的呀！」

「……」

「這樣好了，你先喝杯牛奶，待會兒我叫安德烈去買午餐，你不是很喜歡街尾那家店的烤雞嗎？買一隻回來給你吃，好嗎？」

「……」

「你這個樣子，你媽媽在英國知道，會很傷心的！」

這時，廳裡突然傳出了抽泣的聲音。

「寶貝，啊，寶貝，你不要哭。你的爸爸如果買到飛機票，今晚你就可以飛回去了呀！你要跟你媽媽說話嗎？我幫你撥個電話到倫敦去！」

傑克抽抽搭搭地問道：

「倫敦現在是幾點？」

珍妮默默地算了算，才說

「是早上十點。」（沙烏地阿拉伯與英國兩地時差三個小時）。

「媽媽已經去學校教書了！」

「那就晚一點才撥電話吧！來，聽阿姨的話，抹乾眼淚，吃點東西。」

一陣擤鼻涕的聲音過後，傑克哽咽地問道：

「阿姨，我今晚真的可以回到倫敦嗎？」

「只要買到機票，當然可以的，寶貝。」

一陣短暫的沉默過後，傑克瘖啞的嗓子又響起了：

「阿姨，我要買點蜜棗。」

「你要吃是嗎？」珍妮的聲音一下子像摻入了陽光：「我叫安德烈買給你。」

「不，我是要帶回去給媽媽，媽媽喜歡吃阿拉伯蜜棗。」

這孩子！這懂事得令人心疼的孩子！我一直死死地忍著的眼淚，終於在這時流了下來。

「安德烈！」珍妮提高聲量喊道：「你去百麥加大街跑一趟，給傑克買兩公斤蜜棗。」接著，又問：「傑克，兩公斤夠嗎？」

「阿姨，我，我想和安德烈一起去，可以嗎？」

「呃——」珍妮考慮了一下，才說：「好吧，你出去走走也好。現在，你先去洗把臉吧！」

他倆開門出去以後，珍妮才走進廚房來，以機械化的動作泡了兩杯咖啡，坐下來，語帶憤慨地說：

「唉，打成這個樣子，真沒有人性！」

「究竟是誰下這樣的毒手？」我驚愕地問道。

「說出來你也許不相信。」珍妮雙眸掠過了一絲難以遏制的憎惡，說：「打他的，是他的父親！」

「你，你是說塔巴？」我結巴地說：「這，這怎麼可能呢？」

霎時間，無數的疑問一起湧上了心頭，我舌頭打結。

「每個人都說不可能，偏偏塔巴這個人，一喝醉了酒，什麼事都做得出來！」她悻悻然地說。

「你是說，他酒後亂性，才把傑克打傷的？」

「是呀！前天，凌晨約莫兩三點時，傑克突然發狂似地敲我們的門，我應門時，正好看到滿身酒氣的塔巴像一隻瘋狗般追了出來，抓住傑克，繼續揮拳打他，如果不是我們撲過去擋住，恐怕傑克的小腦袋都會被他打壞！我和約翰在拉開他時，被擊中了幾拳，痛得要命！」她猶有餘悸地說，下意識地揉了揉自己的手臂。

想起傑克那張傷痕累累的臉，我忍不住罵出聲來：

「這個酒鬼！你們應該報警，送他進牢獄，關個一年半載，讓他在監牢裡把酒戒掉！」

「依我看，關他十年八年，他也未必戒得掉！」珍妮鄙夷地說：「你知道嗎，前年，他也曾在同樣的情況下打過傑克！那時，傑克才六歲，暑假從英國來和他同住，但住不到兩個星期，就被酒醉的他結結實實地打了一頓，不過，打得不及這次重。六歲的孩子，被他這樣發狠地打過一次，活活嚇破了膽。然而，那個年齡還不懂得恨，事後讓他哄哄騙騙的，又買禮物，又帶他到處去玩、去吃，事情也就過去了！」

「那——去年傑克暑假有來嗎？」

「有的，那一陣子他倒是完全戒了酒。傑克和他同住那幾週，他還特地把家裡的幾瓶白蘭地酒寄放在我家。由於滴酒未沾，父子倆相處得十分愉快，我原以為他汲取了上次的教訓，已痛改前非了，沒有想到，這次又重蹈覆轍……唉！」

說到這裡，珍妮用手指在睡眠不足的眼睛周圍輕輕地來回按摩，好一會兒，才繼續說道：

「事情發生以後，他很後悔，來我家抱著傑克哭，求傑克原諒他；然而，他完全忽略了，傑克已經八歲了！八歲的孩子，已經懂得愛和恨了！這樣無緣無故地毒打他，他又怎能不恨！」

沉默半晌，又說：

「說來說去，都是那一段婚姻害苦了他。他打傑克，表面上是喝醉了酒，但是潛意識裡，可能是向他的前妻報復！」

前妻？報復？我茫然不解。她瞅我一眼，說：

「你對他的婚姻狀況不太清楚，是嗎？」

我點頭。

「他在五年前離了婚，孩子歸他太太撫養。他只是獲准每年暑假時把孩子帶來同住一陣子。」

對自己婚姻守口如瓶的塔巴，原來是個婚姻失敗者。然而，憑直覺，塔巴應該不是「視婚姻為兒戲」那一種人，那麼，造致他離婚的原因究竟是什麼呢？

珍妮透露，塔巴30歲那年結婚，他的新娘子茱麗19歲，執教於幼稚園，長得非常好看。婚後第二年，塔巴就被任職公司派遣到中東來。妻子原想跟他——起來，但他卻認為這裡生活艱苦，不願她同來受苦。

「他這樣的想法害了他。實際上，夫妻本來就應該同甘共苦的嘛！」珍妮感嘆著說：「茱麗是那麼的年輕、又是那麼的漂亮，哪耐得住長期獨守空閨的寂寞！就這樣，他們的婚姻在六年前因第三者的介入而觸礁！」

「難怪他看起來總是很不快樂的樣子！」我恍然大悟。

「他的確是很不快樂的。尤其是離婚後的這幾年，他老得很快。他很想要爭取傑克的撫養權，但是，法庭判給了茱麗。我想，他對茱麗的感情是很複雜的——既恨她的絕情，又忘不了她的柔情。這樣的感情轉移到傑克身上，便出現了尖銳的矛盾——神智清醒時，愛他如珠如寶；一喝醉酒，潛伏在心底那股恨便冒了上來，恨不能活活把他打死！」

我想，珍妮的分析是很正確的。

儘管覺得塔巴酒後毒打傑克的行徑不可原諒，但塔巴這個人卻還是有很多優點的，只是痛苦的婚變或多或少扭曲了他的本性。

「現在，妳打算怎樣處理這件事呢？」我關心地問道。

「唉，我也煩死了。」珍妮蹙著雙眉說：「傑克這孩子，性子倔強，不管他老子怎麼哀求、怎麼撫慰，也不管我怎樣開解、怎樣勸導，他只是不斷地重複著一句話：我要回英國、我要回英國，一點轉圜的餘地也沒有！」

「我剛才不是聽到妳說今晚送他走嗎？」

「是的。我告訴塔巴，事情已經弄得這麼僵了，短期內是很難使傑克回心轉意的，倒不如順遂他的心意，買張機票讓他回去；其他的事，以後慢慢再談。」

「塔巴和他一起回去嗎？」

「不，傑克堅持要一個人走。」珍妮嘆著氣說：「他是鐵了心不要和他父親在一塊了。」

談到這裡，敲門聲響起了，是傑克與安德烈回來了。

為了避免傑克尷尬，我和珍妮趕快轉換了話題，繼續聊了一會兒，我便起身告辭了。

事後得知，由於買不到飛機票，傑克當晚走不成，在珍妮的家多住了兩天才走的。在那兩天裡，一直到上飛機前，傑克始終沒有和他的父親說過一句話。夫妻間的恩怨以及成人心理的複雜，實在不是傑克這個小小的心靈所能理解、所能承受的！

6

這件事情發生後，我們有很長的一段時間沒有見到塔巴。

這其間，我們雖然曾經受邀到珍妮的家去用餐幾次，但都沒有看到他——不知道是珍妮沒有邀請他呢，抑或是請了他，他沒來。

有一回，我們到市中心那家情調極好的餐廳吃義大利餡餅，竟又碰到他。

他還是獨自一人，坐在靠牆的桌子邊，默默地吃著那個大若面盆的餡餅，一口一口地吃，動作非常的機械化，彷彿吃的不是食物，而是被他切割成一塊一塊碎片的夢。

在餐廳紫色的朦朧燈光下打量他，我發現他臉上的皺紋更深、更多，背脊也更彎、更駝了……

這是一隻準備終老於沙漠，但卻又被悲哀壓得生趣全無的駱駝！

啊！塔巴，駱駝塔巴！

合乃流淚了

我突然無厘頭地想到，
他的下巴那麼、那麼的長，眼淚流到下巴時，
恐怕要蠕蠕地爬行很久很久，才會跌落到衣襟去；
這樣想著時，我竟無聲地笑了起來，可是，笑著、笑著，
驚覺臉上冰涼一片，啊，濡溼的淚水，
早已蠕蠕地爬到下巴去了……

1

由新加坡到沙烏地阿拉伯旅居的第一個星期裡，不適應那焚燒似的酷熱，我老是覺得昏昏沉沉、沒精打采的。

地板蒙塵、髒衣盈籮。日勝說：「幫妳找個幫傭，好吧？」懶於料理家務的我，忙不迭地點頭。

次日中午，正當我哄孩子泥泥午睡時，小白屋的敲門聲響起了，叩門的人好像在敲打樂器一樣，三下、一下、兩下、三下，敲出了一種很快樂的旋律。

站在門外的，是一個精神抖擻的男子，皮膚像是兌了牛奶的咖啡，有一種飽滿的褐色。他一手提著水桶，一手抓著拖把，滿臉都是愉悅的笑意。

我狐疑地看著他，問：「有什麼事嗎？」他向我禮貌地欠了欠身，以流利的英語說道：「夫人，我是來幫妳拖地、洗衣的。」我一面讓他進來，一面在心裡嘀咕：日勝怎麼會請一個大男人來幫我做家務呢，真是的！

他腳步輕快地走向洗手間，經過泥泥的房間，看到泥泥睡眼朦朧地坐在床上，他向泥泥扮了個滑稽的鬼臉，泥泥哈哈大笑，清脆的童音在屋子裡來來回回地撞擊，把原有的沉寂與沉悶擊碎了。

這個人，蠻有趣的。我跟在他後面，問他：「嗳，你叫什麼名啊？」

「合乃。」他答，把桶放在水龍頭底下盛水，水哇啦啦地流著，他靜靜地站著。

「你是泰國人吧？」我問。

「讓您猜對了！」他笑著說，露出了白晃晃的牙齒。

他有著一雙不論張著或閉著都在笑的眼睛，下巴像個長長的鞋拔子，幾乎占了他臉龐的三分之一，是一張惹人發噱的臉。

提著注滿了水的大桶，抓著拖把，他在大廳裡以一種跳流行舞的步伐，忽左忽右地扭來扭去，把地上的塵埃和汙垢擦得一乾二淨，動作充滿了卡通似的滑稽感。

我強忍笑意，匆匆鑽到廚房去泡咖啡。

洗衣機放置於廚房一隅，合乃抹好了地，提著那籃髒衣服走進廚房來，手腳俐落地把髒衣服倒進洗衣機內，加入洗衣粉，扭開水龍頭，調好時間，啟動。

正要轉身出去做別的事時，我說：「合乃，先歇歇吧！」說著，倒了一杯咖啡給他，他受寵若驚，一迭聲道地謝。

「你來沙烏地阿拉伯工作很久了吧？」我問。

「不久，不久，才八個月罷了！」

「能適應這裡的生活嗎？」

「馬馬虎虎啦！」他聳聳肩，朝泥泥的房間望了一眼，帶著羨慕的口吻說道：「夫人，妳帶著孩子在身邊，日子過得多有趣啊！我四個孩子都留在曼谷，想家時，心情不免鬱悶。」

我看著他那張稚氣未泯的面孔，驚訝地問道：

「噯，你已經有四個孩子了？」

「是呀，」他點頭，微笑地說：「泰國人多半早婚。」

「你有回去探望他們嗎？」

「沒有。」他聳聳肩，說：「公司規定，員工一年才能回國一次。」

「還有四個月，你就可以回去了呀！」我安慰他。「真是度日如年呀！」他說，眼神忽然間變得很空洞。

就在這時，泥泥跑進了廚房，合乃的那雙大眼，立刻快活地笑了起來；他在褲子上抹乾了雙手，一把抱起了毫不怕生的泥泥，看著我，說：

「夫人，我帶他到屋外玩玩，可以嗎？」

我點了點頭，他歡天喜地開門出去了。不一會兒，門外便傳來泥泥像噴泉般噴灑得滿天滿地的笑聲。我從視窗望出去，看到合乃蹲在地上，和泥泥互拋石子取樂。來吉達已有整個星期了，終日由沒情沒緒的媽媽陪伴著，泥泥似乎許久沒有如此暢快地玩過了。

當天晚上，日勝告訴我，合乃過去在曼谷一家餐廳裡當服務生，與遊客接觸的機會多，英文也比其他泰國人強。他目前在公司附設的廚房裡當雜役，人緣好，對工作又不計較，廚房裡上上下下的人都很喜歡他。下午廚房沒啥工作，日勝便囑他過來幫忙我做家務。

想到泥泥今後多了一個大「玩伴」，我的心不由得開出了一朵花。

2

合乃每周來三次，幫我料理家務。工作做完後，他便逗泥泥玩，兩人嘻嘻哈哈地玩得很盡興。

有一回，他帶泥泥到屋後的空地去騎腳踏車。我坐在桌前看書，天氣悶熱，加上冷氣機壞了，額上的汗水一串一串地往下淌，心情就和那黏糊糊的汗水一樣，憂鬱不適。正當我心不在焉地讓目光在字裡行間無意識地溜來溜去時，窗外傳來了合乃和泥泥談話的聲音。

「泥泥，你長大了，要做什麼?」合乃一本正經地問。

這個問題，讓我雙耳齊刷刷地豎立起來了——泥泥雖然才兩歲多，我卻也不能免俗地存有「盼子成龍」的心態，我必須依順他的興趣「順藤摸瓜」地栽培他。

毫不含糊的，泥泥大聲答道:「我要開巴士!」

我忍俊不禁，這小子，真是胸無大志啊!

合乃迎合地應道：

「開巴士？一個人載好多好多人，很好，很好哇！」說著，他再也憋不住心中的話了：「泥泥，你知道我的兒子要做什麼嗎？」

泥泥沒有睬他，但他談話的興致卻一點兒也沒減，自顧自地說道：

「他要當醫生哩！你知道醫生是做什麼的嗎？醫生，就像是超人一樣，無所不能，比如說，那些躺在床上病得很慘的，他能幫他們重新站起來；那些受傷斷了胳臂的，他能幫他們重新接起來，還有啊……」

泥泥還是沒有答腔，這些話，落在他耳裡，和淡米爾語沒有兩樣，他才兩歲呀，又哪裡聽得懂！回應合乃的，是腳踏車轉動時發出的「咿呀、咿呀」聲，但他一點兒也不感到掃興，繼續劈里啪啦地說著，連氣也不用轉：「他以後當了醫生，要為那些年老無依的人免費治病、也要為那些貧窮的家庭提供免費的營養品……」我忍不住開門出去，接著他的話題，問他：「合乃，你的孩子多大啦？」

他那張棕黑色的臉驀地變成了一顆長長的棗，發紅。他靦腆地說道：

「我兒子，呃，最大的那個，已經上高中了。」

「他有當醫生的志願，很好嘛，改天我回新加坡時，帶一套有關懸壺濟世的故事書給你。」

他雙手合十，感激地說：「啊，謝謝，謝謝您。」

這時，我覺得陽光實在太猛烈了，順手將泥泥抱了起來，走進屋內，他也趁機告辭了。

3

笑口常開的合乃，其實家庭負擔很重。

他結婚那年，才18歲；他的新娘子比他更年輕，17歲。婚後，孩子接踵而來，排列成梯形。他小學還沒讀完便輟學了，妻子則連學堂的門檻也不曾邁入。兩個人教育程度都不高，當然找不到比較像樣的工作了。他在一家餐廳當服務生，薪資很低，妻子為了補貼家用，日夜不停地編織手工藝品；全家勒緊褲帶過日子，卻依然捉襟見肘。

到沙烏地阿拉伯來工作，雖然必須離妻別子，然而，對他來說，卻是一條充滿了希望的「生路」。他目前所領的薪資，比在曼谷所賺的，足足多了好幾倍，不但改善了全家的生活，連送長子讀大學也不再是痴人說夢了。合乃每回提到這個兒子時，連聲音都像是被蜜糖裹著的。

「他很喜歡讀書，日夜都夢想著要當醫生！」

「很好哇！」我笑道：「以後，你兒子當上了醫生，便可以好好地把你照顧成百歲人瑞了。那時，你記得和我們分享長壽祕訣啊！」

他用手撓撓頭，心花怒放地笑了起來。

有一天，我帶著泥泥，跟著廚師到康立基大漁場去買魚，消磨了一整個早上。回來時，看見合乃瘦瘦長長的身子佇立在門口，泥泥興高采烈地向他衝過去，他咧開嘴，笑得一臉陽光晃動不已。

「合乃，對不起。」我一面掏出鑰匙開門，一面向他道歉：「我們到康立基大漁場去了，忘了告訴你呢！」

「不要緊。」他說，眼裡、嘴裡、聲音裡，滿滿都孕含著飽飽的笑意：「我今天是特地來向您道別的，明天我回曼谷度假，兩個星期後才回來。」

「哦？你已做滿一年了？」

「是呀！」他興高采烈地應道：「我想知道，您喜歡什麼土產，我從曼谷帶來給您。」

「不必了，我喜歡吃的東西是不能搭乘飛機的！」我半開玩笑地說。

「啊，那到底是什麼東西呢？」他好奇追問。

「榴槤呀！」我刻意露出了悲傷的表情：「有一回，我夢到有人從新加坡帶了一個大大的榴槤給我，千辛萬苦地撬開來，正想大快朵頤時，卻看到裡面爬滿了一隻隻白白的蟲，我大喊一聲，就驚醒了，真是噩夢啊！」

他習慣性地撓頭，撓呀撓的，搔了老半天，卻找不到適當的話來「安慰」我，只是「嘿嘿」「嘿嘿」地咧嘴而笑，樣子既顢頇，又憨厚。

合乃走了以後，我才察覺他的「重要性」。在攝氏40多度的氣溫下晾晒衣服，真有一種自焚的痛苦。

兩週過後，當合乃那富於節奏感的叩門聲重新響起時，我立刻「如釋重負」地趕去開門。

一進門，他便遞給我一個沉甸甸的塑膠袋，我開啟一看，哎呀，裡面居然躺著6大條香濃的榴槤糕！

「榴槤不能坐飛機，榴槤糕可以。」他幽默地說：「這是我太太親手做的，請您嘗嘗。」頓了頓，又說：「我保證它們不會變成您的噩夢！」

我們相視而笑，他周全而又細膩的心意，很深地感動了我，我連聲道謝。問他回家的感受，他喜不自抑地表示，一年不見，孩子都長高了，也比之前懂事許多。唯令他感到歉疚的是，妻子一個人照顧四個孩子，遇到困難，就只能獨自承擔；碰上委屈，也只能獨自吞嚥。

「陰霾的雨天過後，往往就是陽光普照的晴天呀！」我安慰他：「等存夠了錢，一家人不就能夠歡歡喜喜地團聚了嗎？」他說：「是呀，是呀，等我在吉達多工作幾年，存夠了錢，便回鄉去，蓋一所新房子，每個孩子可以獨自住一個房間。」我微笑地說：「很好哇，這就叫做『衣錦榮歸』啊！」頓了頓，他又說：「我想要在我的新房子裡裝一個抽水馬桶，我的老婆還沒有用過這樣新穎、這樣先進的東西呢！」說這話時，他的臉，就像是小孩子憧憬著糖果一樣，發著光、發著亮。

接著，他喜滋滋地從口袋裡掏出一張照片給我看。

他妻子的個子很小、很瘦，一襲寬大的衣服鬆垮垮地掛在身上，像農田裡的一個稻草人。尖尖的臉龐，浮著肥肥的笑意。啊，明明是一張疲倦而比實齡蒼老的臉，然而，臉上那抹璀璨的笑意，卻又讓人覺得她很幸福、很滿足。挨在她身旁的幾個孩子，看起來都很壯實、很可愛。顯而易見的，她辛辛苦苦地省下來的錢，全都轉化成了他們的營養。他的長子，和他長得不太相像，眸子大，波光瀲灩，清澈的眼神裡，透著早熟的睿智、裝著好奇的探索與好學的思索；如果能夠以貌相人的話，他肯定是可造之材。把我的感覺告訴合乃，他咧嘴而笑。回到故鄉溫習了親情的合乃，乾涸的心河注入了潺潺的水，整個人，除了快樂，啥都沒了。

和泥泥玩樂的時候，合乃的目光柔和得像是融化了的蠟。他教泥泥摺紙，一張四四方方的紙，一下子，便被他靈活的手勢變成了小貓、小狗、小鳥、青蛙，牛、羊等等；接著，合乃會以唯妙唯肖的叫聲讓它們一一活起來，「喵喵、汪汪、吱吱、哞哞、咩咩」等等叫聲，在屋子裡此起彼落，熱鬧得彷彿置身於動物園，泥泥快活極了，不時發出咯咯咯的笑聲。

他也教泥泥唱泰國童謠，當他唱起童謠時，他的臉、他的聲音，都非常的甜蜜，好似一大團棉花糖忽然發出了聲音。這個時候，我知道，他溫柔的眸子看著的，是泥泥，也不是泥泥。

4

沙漠的冬天，闃無聲息地來了。初冬像是親娘，以一盆涼涼的水為孩兒擦身，遍體舒爽，極為受用；尤其是在火球的熱漿裡浸了幾個月，這一份涼意也就使人倍感舒適了。然而，隆冬卻像後母，一味的冷，人啊，凍得連柔軟的頭髮都變得僵硬了。沙漠不降霜、不下雪，然而，那種深入骨髓的寒意，使天上原本不畏風寒的星星也不由得哆嗦起來。

我足不出戶，寂寞的泥泥，當然也就更殷切地盼望合乃的到來了。

合乃依然一週來三次，然而，不知怎的，自從入冬以後，他便好似變了另外一個人，眼裡沒了笑意，多了焦躁；眼睛底下，老是掛著兩個浮浮腫腫的眼袋，好似睡眠不足的樣子。我想，他眼袋內滿滿地盛著的，該是家愁、鄉愁吧？我本身不也曾在許多個無眠的夜晚裡讓淚水把眼球浸得紅絲滿布嗎？

由於情緒欠佳，合乃全然提不起勁來逗泥泥玩，泥泥和他說話，他也不瞅不睬的，泥泥碰了幾個釘子後，嘟嘟囔囔地向我投訴：「叔叔不乖耶！」我顧念他心情不好，他來的時候，便刻意把泥泥引開，讓他免受干擾。

然而，我發現，他連份內的工作也做不好。每回他離開後，屋子這裡那裡總留下一灘灘的水；而有些地方呢，卻依然蒙塵帶垢。更糟的是，有一次啟動了洗衣機後，竟然忘記了放洗衣粉；還有一次，把整桶洗好的衣服拿到戶外去，沒有晾晒，就走掉了。

念及大家「同在異鄉為異客」，我一忍再忍。然而，我的容忍，卻變成了對他的姑息。他一味的、一再的犯錯，我終於忍不住開口：「合乃，你這樣的工作態度，哪行呀！瞧，你把地板弄得溼漉漉的，泥泥差點兒摔跤呢！」他搓著手，誠惶誠恐地再三道歉，那樣子，就好似他犯了難以饒恕的過錯，倒弄得我不好意思再講什麼了。

看他如此失魂落魄，一天，我忍不住開門見山地問他：「合乃，是不是你的家人碰到棘手的麻煩事？告訴我，我也許可以幫忙你。」他搖搖頭，語調鏗鏘地說：「沒事呀，他們都很好！」我看他的臉色、他的語氣，都不像在撒謊，心中的石頭也就落了地。就我認為，只要家人安好，其他的事，都是不足為慮的。

讓我百思不得其解的是，處於情緒低潮的合乃，有時卻又亢奮得難以自抑，一邊晾晒衣服，一邊語調溫柔地哼唱泰國歌曲；而看到泥泥時，又主動地逗他說話、逗他玩。有一次，他還給泥泥帶來了一盒巧克力，我一看那精美的包裝，就知道價格昂貴，我正色地對他說道：「合乃，賺錢不容易，你應該把每一分錢都存起來，寄回家去。任何不必要的花費，都是不當的奢侈！」他撓撓頭，不以為忤，嘻嘻地笑，心情很好的樣子。

憑直覺，我知道合乃不對勁。但是，問題究竟出在哪裡呢？

有一晚，忍不住將合乃最近情緒反覆無常一事告訴了日勝。

日勝嘆了一口氣，說道：

「唉，最近工人都很喜歡賭博，他一定也參與了。」

「賭博？」我驚訝地反問：「吉達哪來的賭館啊？」

沙烏地阿拉伯是個政教合一的國家，吉達連戲院都沒有一家，遑論賭館了。

「賭窟，就在工地啊！」日勝說。

他接著透露，工地宿舍最近興起的賭風，令公司管理階層大為頭痛。夏天酷熱，工人都不願意待在空間狹小的宿舍裡，常常三五成群地到市區去逛；然而，到了冬天，天氣酷寒，大家都不想外出，擠在狹隘的宿舍裡，面對四壁，自然而然便想找一些解悶的玩意兒了。

「如果他們只把賭博當作消遣，問題倒也不大。」日勝緩緩地說道：「令人擔憂的是，一場牌局的輸贏可能高達千元，贏的一方得意忘形，輸的一方沮喪頹唐，大家都變得無心工作！」頓了頓，他繼續說道：「最糟的是，有些工人把錢輸個精光，沒法將家用寄回去，便騙家人說公司沒發薪水。最近，公司頻頻接到工人家屬興師問罪的信！」

「那公司為什麼不採取行動禁止他們賭博呢？」

「我們每晚都派人到宿舍去巡視，然而，收效不大，因為道高一尺，魔高一丈呀！他們派人把守看風，稽查員一來，他們便偃旗息鼓；稽查員一走，他們便又照賭不誤了！」

這時，有人到訪，我們的談話便中斷了。

次日，合乃來為我打掃屋子時，我試探地問他：

「合乃，聽說最近工人宿舍賭風很盛啊？」他警戒地看了看我，說：

「大家只是隨意玩玩而已。」

「抱著玩玩的心態消磨時間是無所謂的，但是，如果把一個月辛苦賺來的錢全部輸掉，那就未免太傻了！」我盯著他說。

他面無表情地轉動著手上的拖把，沒有答腔。我看他反應冷淡，只好嚥下了許多原本想說的話。賭博如罌粟，深陷賭海的人，猶如溺水的人，隨時會沒頂，但是，對於別人丟給他的救生圈卻視若無睹。

接著下來的幾天，也許擔心我會繼續與他談有關賭博的事，他竟避著我，匆匆地來，草草地把工作做完，又匆匆地走；和他說話，他也不太答腔。見他這樣，我不免心灰意冷，便任由他去了。

這一天下午，他照常來到小白屋，裝了一大桶水，提到廳裡去；我也一如既往地，坐在廚房裡喝咖啡。良久、良久，廳裡一點動靜也沒有，我忍不住探頭出去看，這一看可把我大大地嚇了一跳。長長的拖把好像喝醉了酒，無知無覺地躺在地上，他呢，愣愣地蹲著，雙手觸地、雙目茫然，好像靈魂已經徘徊悠地飄離了身軀。

我忍不住走出去，喚他：

「合乃！」

沒有想到，這輕輕一喊，居然使他全身震了震。他倉皇地站了起來，滿是鬍渣的臉漲得通紅。

「合乃，」我溫和地對他說：「如果你不舒服，就回去休息吧！」

「我，呃——我沒什麼呀！」

「或者，喝杯咖啡，才繼續做，好嗎？」

他猶豫了一下，才勉強點了點頭。

在廚房裡，捧著咖啡，他無神的目光定定地黏在地上，半晌，突然沒頭沒腦地說道：

「夫人，您說得對。」

「嗯？」

「我的確不應該在賭桌上輸掉辛辛苦苦賺來的錢！」

看到他緊繃的臉色，我急忙問道：

「你輸了很多錢嗎？」

「很多。」他神情苦澀地應道：「我已經一個月沒寄錢回家了。」

立刻的，我眼前浮現了他兒子那張清秀的臉，還有，他想當醫生的心願……

「合乃——」

「夫人，」他搖搖手，打斷了我的話：「以前看別人賭博，總覺得他們沒出息、不長進；但現在我自己卻變成了最沒出息、最不長進的一個人！」

「合乃，你快別這麼說！」我勸道：「回頭是岸啊，你現在戒賭，不就沒事了嗎？」

「我還欠了其他工友一些賭債，只要贏回一筆錢，還清賭債，我就不再賭了！」他語調沉重地說。

十賭九輸，合乃想以賭贏錢來清還賭債，真是痴人說夢啊！

「合乃，別再賭了。」我委婉地說：「如果你想預支下個月的薪水來清還債務，我可以幫忙你。」

「不，不，不！」他堅決而固執地拒絕了：「您別擔心，我自己的事，自己解決。」

我忍不住提醒他：

「合乃，別忘記，你想存錢給你老婆蓋新房子的。」

他驟然像一尾被衝上岸的魚，微微張開了口，無語，滿臉痛苦。我想，我的話是戳到他的痛處了。

晚上，和日勝提起白天與合乃的對話，日勝表示，合乃最近工作態度和精神都很差，許多屬於他份內的工作，他都沒做，有時甚至還在工作時間內公然打盹！

「廚房裡的督工已經警告過他好幾次了，如果他再不改過，公司可能會扣他薪水，作為懲罰！」

真是作孽啊，原本那麼一個勤勤勉勉、快快樂樂的人，現在卻被賭博這魔鬼扭曲成一個「魂不附體」的人，我的心，重如秤砣。

5

兩週過後的一個晚上，正當我趴在地上和泥泥玩拼圖遊戲時，突然響起了疾風驟雨般的敲門聲，宛如一個個聲嘶力竭的叫喊聲；這種聲音，響在沙漠寂靜而深沉的夜裡，有驚心動魄的感覺。

門外站著的，是公司的督工，他氣急敗壞地對日勝說道：

「工人宿舍裡有人打架，請您過去看看！」

日勝匆匆披衣外出，我按捺著狂跳的心，陪著泥泥在昏黃的燈下東一塊西一塊地繼續玩拼圖遊戲。泥泥見我老是拼錯，忍不住將我胡亂拼湊的紙樣挑出來，丟在地上，嘟著嘴，嚷著說：

「媽媽，妳都亂拼，我不要跟妳玩了！」

我趁機打發他去睡覺。

這是一個異常陰冷的夜晚，無風，但卻寒氣襲人。我獨自坐在屋外的石階上，整個沙漠，靜得可以清楚地聽到寂靜的聲音；這種寂靜壓在心上，讓人心房隱隱作痛。望著遠處那一座座黑咕隆咚一如魑魅魍魎的山，心生悲涼。

日勝回來時，已近午夜。

「怎麼啦？」我急切地問道。

「解決了！」一臉倦容的日勝，連話語都吝嗇了起來。

「解決了什麼？」我鍥而不捨。

「開除了合乃。」

「什麼！」我猛地抓住了他的手臂，驚異地喊道：「為什麼要開除他？」

「打架。他把一個泰國工人的眼珠幾乎摳了出來！」他說，語氣裡有著遏制不了的憤怒。

我難以置信地睜大雙眸：

「他，他怎麼會這麼狠？」

「還不是為了賭博！」日勝在沙發重重地坐了下來，感嘆地說：「他說另一個泰國工人是老千，詐賭騙他的錢！」

賭博有如姜太公釣魚，願者上鉤；合乃是魚，他要吃餌，卻恨那魚餌有毒！

「他好像瘋了一樣，差一點把對方活活打死！」

「沒人勸架嗎？」

「怎麼沒有！他的蠻勁一使出來，像頭瘋牛，幾個大漢也拉不住！」

合乃，在我眼中，原是一頭溫馴的綿羊啊！

「現在，那個受傷的人在哪裡？」

「已經送到醫院去了，他左眼傷勢很重，可能會失明。」

「失明！」我覺得非常難過：「他真的是老千嗎？」

「誰知道呢！」日勝臉色沉重地答道：「合乃指責他是老千，卻又拿不出證據。退一萬步來說，就算他真的在牌局上做了手腳，合乃也不該下手這麼重啊！」

是的，是的，先動手的人，縱然天大的理由，也依然是錯的！

「合乃非常幸運的是，對方已經表明不要追究，不要報警。我已經訂了機票，明天一早，他便得回到曼谷了。」日勝神情凝重地說：「剛才我單獨和他對談時，他很後悔，不斷地哀求我給他一個機會，他說，他還有尚未完成的心願……」

「是啊，他說他要為家人蓋一間新房子！」我插話說道。

「哦?他倒沒有提及新房子的事。」日勝說：「他說他想送孩子到新加坡求學，需要錢。我猜想他參與賭博，目的也就是想要賺些快錢吧！」

飲鴆止渴，不啻於引火自焚啊！

「你能讓他留下來繼續工作嗎?」

「唉！」日勝重重地嘆了一口氣：「他犯了這樣的大錯，我又怎能不採取紀律行動！以後，凡在宿舍裡聚賭的，一被逮著，立刻遣送回國！」頓了頓，又說：「剛才合乃知道無法再留下來，居然嚎啕大哭，哭得滿臉是淚……」

啊，身上每個細胞時時刻刻都在笑的合乃，現在居然流淚了！

此刻，不知怎的，我突然無厘頭地想到，他的下巴那麼、那麼的長，眼淚流到下巴時，恐怕要蠕蠕地爬行很久很久，才會跌落到衣襟去；這樣想著時，我竟無聲地笑了起來，可是，笑著、笑著，驚覺臉上冰涼一片，啊，濡溼的淚水，早已蠕蠕地爬到下巴去了……

夜，陰冷如故；風呢，在山頭，凝結了。

彩蝶

敏奴夫，下一回，
當你看到一隻美麗的蝴蝶時，
一定要先弄清楚，它到底是不是一隻披著綵衣的毒蜂；
千萬不要被它斑斕的外表吸引了而忽略它尾部那根螫人的毒刺！

1

在沙漠裡居住，心緒常常會不由自主地陷入低潮。從視窗望出去，前前後後都是一望無盡的沙丘。永無變化的陽光，跋扈而專橫地趴在沙丘上，細碎的沙礫，裊裊地冒著煩人的熱氣。

在這種單調而寂寞的生活裡，遠方親友的來信，便成了精神生活最好的調劑品。每天送信來給我的，不是郵差，而是公司裡負責福利工作的職員陳亞東。

在吉達市，所有的屋子都沒有門牌；就算是街道吧，也只是主要的大街設有街名，其他的許多橫街小巷，都是沒有名字的，因此，所有的函件都必須寄到郵政總局去。每天傍晚，陳亞東便得去那裡把公司兩百餘名員工的信件取回來分派。

這天，我焦急地等到傍晚七點多，陳亞東還是蹤影全無。這種情形，已經持續好幾天了，我的心，好像掉進了無底洞裡，虛虛晃晃的。

日勝八點多回來後，我忍不住發了牢騷：

「這些日子，老接不到信，不知道是不是郵政服務出了問題！」

日勝一聽，立刻抱歉地拍了拍額頭，應道：

「真對不起，你有好些信被我擱在辦事處，忘了取回來。」

「怎麼不讓陳亞東送來呢？」

「哦，公司辭退他了。」日勝解釋道：「他和大部分泰國工人合不來，鬧得很不愉快，早在幾個月前，公司便想解僱他了；但是，一時又找不到合適的人，只好一拖再拖。」

「公司泰籍工人那麼多，你們應該找一個泰國人來管福利嘛！」

「唔，即將上任的，便是個泰國人，是職業介紹所推薦的。」

見到這個泰國人沙旺多，是兩天過後的傍晚，他送信來。

很年輕，圓圓的臉龐上長著一雙大而無辜的眼睛，好似在一夜之間猛然長大的洋娃娃。

他禮貌地向我欠了欠身子，雙手把信捧給我。我接過了信，說：

「進來喝杯水吧？」

「謝謝您，夫人。」孩子氣的臉綻放出大朵笑花。

倒了一杯橙汁給他，他一邊喝，一邊擦汗，嘆氣說道：

「好熱喲！曼谷即使在最熱的時候，溫度也沒有這麼高！」

「的確很熱！」我點頭同意：「我初來時，一連頭痛了好多天呢！你要小心照顧自己。」

「不礙事！」他笑笑說道：「我適應力很強。」

把杯子擱在桌上，他禮貌地告退，臨走時，說道：

「以後，我每天都會到市區辦事，如果有什麼我可代勞的，請您儘管吩咐。」

沙旺多和陳亞東，是完全不同的類型。陳亞東沉默，很被動，不推他，他便不走；即使推了他，他也只小小地邁半步；工人們有事找他，他推三阻四，硬要他做，他便怨天怨地。據說華籍工人給他取了一個綽號，叫他「怨婦」。每回見到我，他也總是有神沒氣的，好似百病纏身。由這人掌管工人福利，自然會招惹不滿了。現在，來了這個活力充沛的沙旺多，也許會為精神生活極端苦悶的工人帶來沙漠裡的春天吧？

2

沙旺多來了以後，為我建了一道通向外界的資訊橋梁。

他很喜歡說話，和陳亞東那種「問一句答一句」的性格著實有天淵之別。每回送信來時，他總會進屋來小坐一陣子，絮絮不休地告訴我許多有關工人的小故事。這些故事，有快樂的、也有悲傷的；有的惹人發噱、有的令人深思。

這天，沙旺多一來，便表情凝重地對我說道：

「夫人，最近這幾天，如果沒事，您最好別出門。」

「怎麼啦？」我驚詫地問道。

「外邊發生了一件驚天動地的大事！」他語調沉重地說：「有個韓國人，殺掉了他的巴基斯坦朋友，肢解了他的屍體，一塊一塊地煮來吃掉了。」

我汗毛直豎，只想尖聲叫嚷，這麼殘忍、這麼噁心的事！

「今天早上消息傳開後，有些韓國工人到市區去辦事，都遭受到侮辱與戲弄。巴基斯坦人一看到他們，便揮拳咆哮；阿拉伯人看到他們，卻又嘻皮笑臉地說：喂，要吃我的肉嗎？」沙旺多繪聲繪影地敘述道：「有些膚色白皙的馬來西亞工人被誤認為是韓國人，也遭受到同樣的侮弄。為了避免麻煩，我看您最近還是不要出門去！」

沙旺多走後，我心緒不定，老覺得屋子內這裡那裡藏著隨時都會現形的陰魂，真可說是「杯弓蛇影，草木皆兵」啊！

日勝回來以後，帶給我更多的消息。

原來那名吃人的韓國人和那個被吃掉的巴基斯坦人是搞同性戀的。韓國人厭倦了這種不正常的畸戀，便有意接受家裡為他安排的婚事。巴基斯坦人倒是很爽快地接受了分手的要求，不過，向他索取了一大筆「分手費」。這件事至此原已告一段落了，可嘆的是，巴基斯坦人貪得無厭，把韓國人當作是一座予取予求的大金礦。韓國人一再容忍、一再付款，到了後來，他獅子大開口，韓國人被他逼得無路可退，發起狠來，殺死了他。屍體無處放置，他一不做二不休，把無法處理的屍體斬成一大塊一大塊，放在冰箱裡，一天吃一塊。據說警察到他家搜查時，冰箱裡還有一條尚未吃完的人腿哩！

這件駭人聽聞的事情發生後，沙旺多每天送信來給我的時間挪後了兩個多小時，他一臉抱歉地向我解釋道：

「我實在不願意看到我們的韓國工友在外邊平白無故地受到傷害，所以，毛遂自薦，載送他們到市區去辦事或購物。忙來忙去的，現在才能偷個空幫您送信來。」

「工人的安全當然比我個人的信件來得重要。」我說：「如果抽不出時間，你可以把信件交給日勝捎回來給我。」

此後幾天，也許真的太忙了，信件都是日勝晚上回來才轉交給我的。

談起了沙旺多，日勝也不由得蹺起拇指加以稱讚：

「他善解人意而又敏捷勤快，不但泰國工人喜歡他，來自其他各國的工人對他也很敬重哩！」

我想起了送飯那個僕從敏奴夫。自從華籍員工亞良辭職後，送飯給我的雜務，便由敏奴夫取代了。這敏奴夫，便十分喜歡沙旺多。

敏奴夫常常在送飯來時和泥泥在門前的石地上踢石取樂。他今年19歲了，個子矮小，膚色黧黑，是個心無城府的人，成日歡天喜地地露著他那一排染著汗垢的牙齒，嘻嘻地笑著。

他告訴我，家裡窮得沒有隔宿之糧，他是老大，下面還有九個弟弟妹妹，個個都因為營養不良而瘦骨如柴。

敏奴夫的父親為了付給仲介那一筆在窮苦人家眼中宛若天文數字的介紹費，狠心把剛出世不久的小女兒賣掉了；然而，所得的款項還是不足夠，到處借貸，東湊西拼、才勉強湊足了。敏奴夫和公司簽了兩年合約，只要債務一清，一家人的生活，便可以得到改善了。

敏奴夫最大的苦惱是目不識丁，無法寫信回家。有時候看到我在教泥泥認識詞彙時，他總以羡慕的目光看著散滿一桌的兒童書籍。

這天，他把餐盒送來給我時，神色裡有著掩藏不住的興奮。不待我發問，他便主動地告訴我說：

「來沙烏地阿拉伯整整半年了，今天我才第一次寄了信回家哩！」

「寄信？」我狐疑地看著他，問：「你什麼時候學會寫字了？」

他吸了吸氣，頑皮地笑道：

「我只是寄而已，沒有寫。」

「怎麼說?」

「是沙旺多代我執筆的。我口述,他筆錄。」

沙旺多連送飯的僕從也照顧到了,真難得啊!

「沙旺多真是個大好人。」敏奴夫滿臉的崇敬和感激:「他從來不擺架子,既熱心、又和氣,像父親,也像兄長,自從他來了以後,我們的宿舍,便好像有了一部會走動的字典、有了個有求必應的聚寶盆哪!」

陳亞東是冰,沙旺多是火。前者冷冰冰的,像座拒人於千里之外的冰山,後者暖呼呼的,像個貼心貼肺的小火爐,為工人帶來了溫情、歡欣與希望。

3

在熱得連牆壁都會流汗的夏天裡,成日成夜困在屋子內的我,變成了一隻刺蝟,動輒發怒,而一發起脾氣來,背上的刺,根根豎起,刺得日勝雪雪呼痛。

有一天，他下班回來，把兩張明信片交給我說：

「想不想去度假？」

我迫不及待地接過來看，其中一張明信片，展示了綿延無盡的沙灘和浩瀚無邊的海洋；另外一張則展示了染滿滄桑的歷史廢墟，雖是斷垣殘壁，卻依然留存著羅馬帝國時代那種磅礡的氣勢。

「是北非的突尼西亞吧？」我雙眸發亮地問。

「沒錯。」日勝微笑地說：「下星期二動身。」

哇，我眉開眼笑，背上的「刺」，一根一根快速地掉落下來。

第二天，沙旺多前來向我拿照片辦理簽證，我剛好想外出買些東西，便乘搭他的順風車。

「夫人，我真羨慕您。」沙旺多邊說邊發動引擎：「老是有機會外出旅行。」

「咦，你到異鄉來工作，不也等於雲遊海外嗎？」我笑道。

「工作和旅遊，怎麼可以相提並論！」他嘆氣：「像我們這種勞碌命，一輩子只能做牛做馬地為三餐奔波！」

第一次看到了性格開朗的他露出了憂鬱的一面。

「你成家了嗎？」我換了個話題。

他搖頭，淡淡地笑：

「我不想太早用繩子捆住自己的手腳，我的理想是先建立事業，才論婚事。」頓了頓，又說：「我希望能儲集一筆資金，自己當老闆做生意。」

啊，是個不甘平凡的人。他辦事能力強，又肯苦幹，成功是指日可待的。

4

到突尼西亞旅行的一切手續都辦好了，班機是在下午四點起飛的。

星期二早上，日勝照常去上班，然而，就在那天中午，發生了一件意想不到的事情，使我們不得不遺憾地取消了行程。

日勝原本答應我中午十二點多回來共用午膳，然後才到機場去的。但是，我呆呆地等到下午一點多，他還是蹤影全無。那時候，家裡又還沒有裝上電話，我探問無門，只能坐在那兒乾焦急。

一點五十分，送飯的僕從敏奴夫來了，滿頭滿臉都是汗。

「夫人，對不起，來遲了。」他一邊擦汗，一邊喘著氣，說道：「今天工地裡發生了一宗了不得的大事！」

「什麼事？」想起遲遲不歸的日勝，我心跳加速了。

「兩百多個工人，全罷工啦！」敏奴夫語調急促地應道：「他們嫌夥食不好，在餐廳裡氣勢洶洶把陶瓷碗碟全都摔得粉碎，哎呀，我從來沒有看過工人們這種凶神惡煞的樣子，嚇死我了！」

冰凍三尺，非一日之寒，工人們嫌夥食不好，我久有所聞了。

我將敏奴夫擱在桌子上的餐盒掀開來，第一個格子放的是滷雞肝、第二個格子是雞丁炒苦瓜，第三個格子是蛋花湯。雖然有菜有肉也有湯，但是，前天才剛剛吃過雞肝，今天又是雞肝，老是重複地吃著這些「制式化」的食物，任誰都會倒胃口的！離家萬里來此荒瘠大漠工作，生活裡缺乏了可供鬆懈身心的娛樂，注意力便不可避免地集中到飲食來；偏偏沙烏地阿拉伯又是一個禁食豬肉的國家，食譜裡少了豬肉，便少了許多變化。阿拉伯人不喜歡吃雞肝，廚師們便從菜市搬回大包價賤如土的雞肝，隔一天便用同樣的方法去烹煮，叫人連看一眼都會膩得汗毛直豎。

「他們把盤裡的雞肝全都倒在地上，用腳踐踏，整個食堂，一灘灘泥褐色的東西，糜爛糜爛的，好像糞便一樣，超級噁心呀！」

「那——」我蹙著雙眉問道：「公司怎樣安撫他們？」

「公司現在正在召開緊急會議。」敏奴夫一板一眼地向我報告：「聽說工人們準備連續罷工好幾天，直到膳食改善為止！」

要罷工好幾天？真要命！我頹然跌坐在椅子上。這樣一搞，公司將會蒙受多大的損失啊！再說，星星之火，足以燎原呢！

日勝深夜才回來，一張臉，彷彿老了十幾年。

「工人們還在罷工嗎？」

「是的，態度很強硬，不易對付。」他說：「我接見了工人代表，提出了一些改善的條件，讓他們回去考慮。我還對他們說，我並沒有獲得特殊待遇，他們吃什麼，我和家人也吃什麼，大家都是同一條藤上的瓜啊！」

說罷，進了房間，也不洗澡，倒頭便睡。

一宿無話。

第二天，一大早又匆匆趕到公司去了。

傍晚回來時，居然臉帶笑意。

「解決啦？」

「唔！」高興地點著頭：「多虧沙旺多。」

原來沙旺多通宵沒睡，到工人宿舍去，來回遊說，動之以情，曉之以義；工人們冷靜下來，仔細考慮過後，覺得日勝白天提出的改善條件也很不錯，也就讓了步，今天一早便開工了。

沙旺多，謝謝你！我在心裡默默地說。

日勝擔心罷工浪潮捲土重來，取消了突尼西亞之行。

為了進一步安撫工人的情緒，公司在兩天過後的一個晚上，舉辦了一場別開生面的烤肉會，全體工人都應邀出席了。

那晚所準備的食物，豐盛而又多樣化，看得出廚師是挖空心思準備的，連平時難得一見的魚和蝦，都在大盤裡堆得好像小丘一樣。

沙旺多穿了一件泰式綢質襯衫，很悅目的藍色；他宛如澄藍天空裡的鳥、蔚藍海洋中的魚，遊刃自如地在工人群中兜來轉去，所到之處，笑聲如陽光如喜雨，灑落一地。我覺得他就像是一隻五彩斑斕的蝴蝶，翩翩飛舞於各處，把愛的花粉散播開來。

沙旺多，著實是公司的「福星」呀！

5

夏去冬來，又是半年的時光過去了。

我打算回到新加坡歡度農曆新年，天天往皇阿都阿茲街和百麥加這些購物中心跑，為親友蒐購紀念品和土產。這天，買完東西回到家，已是傍晚時分了。在門口，碰上來送信的沙旺多，我驚訝地問道：

「今天怎麼這麼晚才送信來啊？」

他輕輕地嘆了一口氣，說道：

「剛剛陪一名工友去看心理醫生。這幾個晚上，他在夢中老是驚喊出聲，醒來時又淚流滿面，我深入了解，才知道他家裡出了事情……」「出了什麼事？」我追問。

「他母親在泰國不幸遇上車禍，死了。他是在單親家庭長大的，父親是建築工人，在搭高架時，不慎掉落下來，當場喪命。那一年，他才六歲。母親一直沒有再嫁，辛苦地將他拉拔成人，母子感情很好。他遠到大漠來工作，就是希望多賺一點錢，讓母親安享天年。他萬萬沒有想到，母親才年過半百，福沒有享到，命卻沒了。他非常自責，認為自己沒在家鄉把母親照顧好，母親才命喪馬路的。這樣的想法，一點邏輯性也沒有，偏偏他就被這種毫無邏輯性的想法折騰得痛苦不堪，如果不及時治療，恐怕會陷入重度憂鬱症裡而難以自拔，最後，也許會步上黃泉路哪！剛才，醫生開了一些鎮定劑給他，我讓他服了，看他睡了，才趕來這裡送信給您。」

臉色凝重的沙旺多，接著又告訴我另一個沉重的例子。

「還有一名泰國工人南昆瓦，最近也碰上倒楣的事。他三十八歲了，妻子好不容易才懷上了第一胎，他高興得簡直發瘋了。為了讓孩子出世後能過上較好的生活，他毅然離開身懷六甲的妻子，前來大漠工作。可是，上週訊息傳來，他的妻子流產了。南昆瓦那撕心裂肺的哭聲啊，震動了整座宿舍。」沙旺多蹙著雙眉，說道：「你知道嗎，男人嚎啕大哭，是能夠把旁人的心腐蝕掉的！心病還需心藥醫，最好的解決方法是讓他盡快飛返家鄉去安撫他的妻子。他平日人緣極好，我在宿舍發動捐款，他的同鄉紛紛慷慨解囊，你出一點、我湊一點，為他湊足了買機票的錢，讓他回家去和妻子聚聚幾天。」

家家有本難唸的經，而大漠，就像是一個「藏經閣」，藏滿了難唸的經書。

難得的是，沙旺多在管理這座「藏經閣」時，總以愛心和耐心翻開每一部「經書」，反覆地、仔細地閱讀，一旦發現問題，便想方設法伸出援手。腦子靈活而心細如髮的他，因事制宜，使每一名工人的問題都能迎刃而解，內心也都得到了安撫和慰藉。

我注意到，沙旺多最近略顯消瘦；想到他離家也有八九個月了，我忍不住關心地問道：

「沙旺多，你打算什麼時候回到泰國省親呀？」

「在最近這兩年內，我沒有回國度假的打算。」他說：「把買來回飛機票的錢省下來，用途可多著呢！」接著，他轉而問我：「您呢，準備回國多久呀？」

「至少會待上兩個星期。」我說：「在這裡，我快要悶壞了。」

「是呀是呀，這裡缺乏娛樂場所，電視播映的，又只有宗教節目。您記得多買點書回來讀呀！」他說。「這也是我回去的目的之一啊！」我說：「上一回帶來的書，早已讀完了。」

這時，濃濃的暮色悄無聲息地湧進屋內；屋外古樹那空禿禿的枝椏陰森森地伸展著，像是攤開於天幕的魔掌。我捻亮了電燈，沙旺多也起身告辭了。看著他踽踽地消失於黑暗中的背影，有一股暖流從心中源源淌出。

當時和沙旺多融洽地交談著的我，無論如何也沒有想到，這竟是我和他最後一次見面了！

6

重返國門、重晤雙親。在快樂地承歡膝下時，恨不得時光能夠靜止不動。

在這兩個星期裡，除了上書局，我哪兒都沒去，成天就愜意地窩在家裡，和父母談天說地。我恨不能將發生於大漠的故事一樁一樁從腦子的褶皺裡翻出來，滿足父母的好奇心；而父母呢，又恨不得將發生於親戚朋友間點點滴滴的大小事情從腦子的縫隙悉數挖掘出來，填滿我記憶之庫的空白。嘰嘰喳喳的說話聲，化成了一群快樂活潑的小麻雀，在屋子裡飛來飛去。

兩週一晃而過，萬般不捨地飛回大漠。這時，一場因沙旺多而引起的大風暴，已蓄勢待發了。

日勝告訴我，沙旺多在我們回去新加坡後的第三天，便以「家有急事」為理由，請假一週。然而，現在，已經超越他請假的期限好幾天了，仍然不見他回來上班。

「也許家有要事，無法抽身吧！」我臆測。

「我已經發了電報給他家裡，也許不久後就有訊息了。」日勝說。

第二天，訊息來了，然而，卻是一則使人愕然的訊息。電報，是沙旺多的弟弟發來的，上面清清楚楚地寫著：

「沙旺多並未返家。」

沙旺多為什麼走得那麼倉促而又告訴人事部說「家有急事」呢？

對於沙旺多的動向，我沒有絲毫的懷疑；有的，只是莫名的擔憂，擔心他的安全。

一直到坦誠率真的敏奴夫向我傾訴了他心中的疑慮，我才突然意識到事態並不簡單。

這一天，敏奴夫送飯來時，蹙著眉頭，好似心事重重的樣子。

我取出一包從新加坡帶回來的鹹脆花生送給他，順口問道：

「怎麼啦？不舒服啊？」

他接過了花生，笑，露出了白白的大牙齒，天真裡透著疲憊。

「您這次回家去，一定玩得很暢快吧？」他問我。

「我回去的目的是探親，所以，哪兒都沒去，就待在家裡。」我微笑地應。

「啊，親人。」他的臉色很快地黯淡下來了：「我真想回家去。」

「你不是已經做滿了兩年了嗎？」我問：「為什麼不回去度假呢？」

「我當然想回去，但是，我必須等沙旺多回來才能走，因為我有整整半年的薪水在他手上。」

「咦，你怎麼會把辛苦賺來的錢交給他保管呢？」我狐疑地問道。

「哦，他發起了一個互助會，利息很高哪！很多工人都受邀加入了。」

我心跳加速了，趕緊問道：

「公司的管理階層知道嗎？」

「他要我們嚴守祕密。」

「這互助會，成立有多久了？」我急急追問。

「發起已經有六七個月了，每個月的利息，我們都一分不差地拿到；和銀行相比，利潤高得多了。」

「難道說，你這六個月都不曾寄錢回家嗎？」

「有啊，我寄利息呀！」

「利息多少？」

「相當於存款的30％！」

這些傻瓜！我嘆息。世界上哪有這樣的便宜讓你揀！

敏奴夫苦著臉，說：

「沙旺多回國這麼久還沒有回來，坦白說，我們都很擔心。」

事情已昭然若揭了，我心情沉重，沉吟不語。少頃，敏奴夫又開口說道：

「我們都很擔心他在外面遇上麻煩事，回不來。」

啊，這個純樸的孩子！我的心像被針戳著般，感受到一波又一波的痛楚。沙旺多這披著人皮的狐狸，就是覷準了他們性格的純樸善良而把他們一個一個當作傀儡來耍呀！

為免引起驚慌，我不動聲色地打發了敏奴夫。

中午日勝回來吃飯，表示已風聞此事了，公司這幾天正在進行徹查。

當天晚上，日勝帶回來一連串的壞消息。參加互助會的工人多達80餘名，由於人人守口如瓶，所以，消息點滴不漏。工人們大多目不識丁，對於看起來似乎滿腹學問而又全然不擺架子的沙旺多，自然佩服得五體投地；加上沙旺多慣使小伎倆，這裡那裡地給他們嘗些小甜頭，他們對他更是唯命是從了。有些沒有參加互助會的工人，也把薪水悉數交給他，由他代辦匯款回國的手續。

沙旺多的互助會，是他獨創的，所有的條規也都是他自己設立的。工人們把錢存放在他那兒，如果期限是一年，那麼，年利是30％；存款半年者，年利15％。據說有些工人半途退出時，也能分文不缺地取回全部存款；其他工人見此，宛如服了「定心丸」，因而參加互助會者與日俱增。

調查工作持續進行，內幕也挖得越多。工於心計的沙旺多，雖然捲走了工人總數高達好幾十萬的存款，但是，不曾留下任何足以讓他身繫囹圄的犯罪證據，因此，儘管後來查出了沙旺多已逃往科威特，但卻無法提訊他。

沙旺多捲款潛逃的消息像一枚炸彈，震動了整個工人宿舍。

工人們反應各各不一，意志堅強的，雖然心痛如絞，畢竟還能面對現實，自嘆倒楣；意志薄弱的，便茶飯不思、神思恍惚，處處一片愁雲慘霧。

敏奴夫送飯來了，一雙赤裸裸地糾纏著痛苦的眼睛，就像是兩個小小的氣泡，飄在半空中，虛虛浮浮地找不到一個落足處，看得我心生寒意。

「敏奴夫，」我艱澀地開口說道：「這回的事，你就當作是一場噩夢、一個教訓吧！留得青山在，哪怕沒柴燒，你快快忘掉被騙去的錢，重新努力工作吧！」

敏奴夫伸手揉眼，我以為他要哭，趕快從盒子裡抽出了幾張紙巾，然而，他卻擠出了一個比哭還要難看的笑容，以瘖啞的嗓子說道：

「夫人，那些錢，都是我辛苦工作，一分一毫地累積的，我當然心痛；但是，叫我更為難過的是，我一向都把沙旺多當作是個大好人，他卻這樣不講義氣！」

看到敏奴夫臉上那份受傷的表情，我一時也難過得說不出話來。居心叵測的沙旺多，把虛假的愛心鑄成完美的面具，戴著它，到處撒出騙人的大網；不曾設防的工人，紛紛陷落網中，那種感覺，就像是一個人在一個陽光明媚的日子裡，走在風景綺麗的大道上，正滿心歡喜地欣賞兩旁讓人心醉的風光時，卻出其不意地摔了一大跤，摔得頭破血流，心情自然十分不堪。

過了半晌，我才慢吞吞地開口說道：

「敏奴夫，下一回，當你看到一隻美麗的蝴蝶時，一定要先弄清楚，它到底是不是一隻披著綵衣的毒蜂；千萬不要被它斑斕的外表吸引了而忽略它尾部那根螫人的毒刺！」

神經佬沙猜本

性格支配人生、心態影響生活，
沙猜本的悲劇性格和負面心態，
使他人生的旮旮旯旯鋪滿了砂石，
他跌跌撞撞地走著，
每分每秒都有摔跤的可能性。

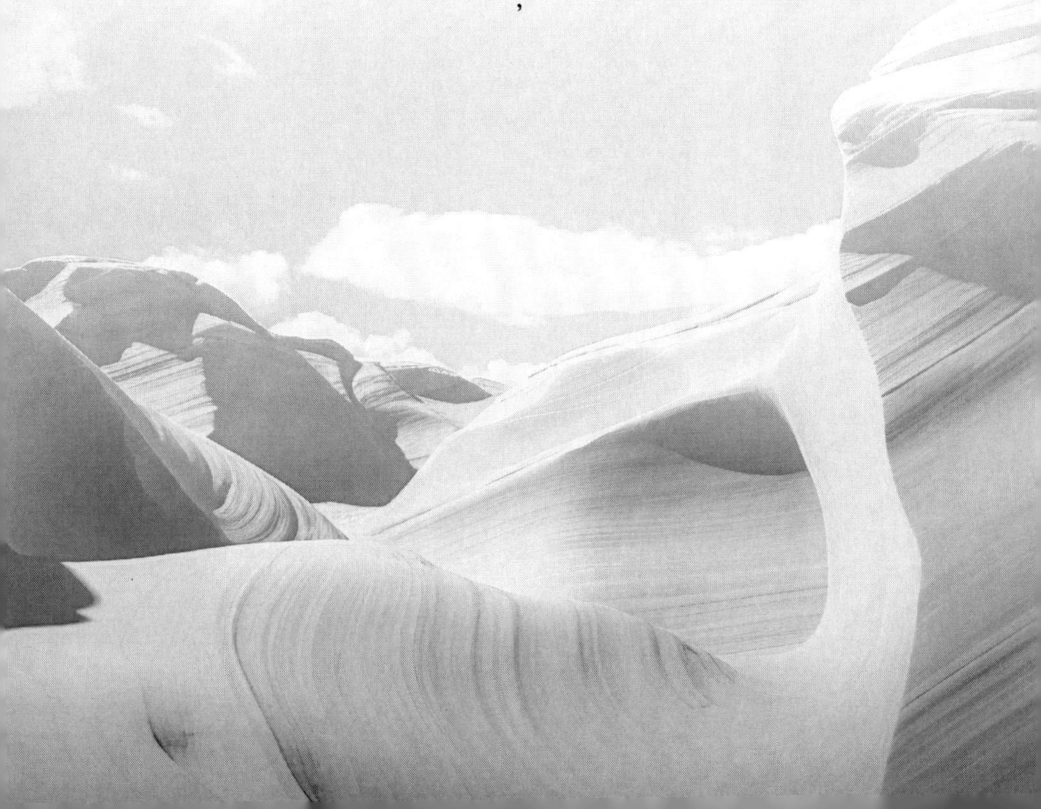

1

好久沒有吃到魚蝦了，嘴巴饞得緊，所以，一大早便帶著泥泥，跟隨公司的廚師到位於紅海畔的康尼基大漁場去買海鮮。

大漁場腥味重、蒼蠅多，邋裡邋遢的，地面又泥濘不堪，泥泥一直在鬧情緒，吵著要我抱。抱著胖嘟嘟的他，跟著廚師在漁場裡兜轉了幾圈，買了些魚和蝦，再頂著炙人的烈陽回到山脊的小白屋時，母子倆都疲累不堪了。

用鑰匙開了大門，冷不防一腳踩在靠近門口的那一大灘積水上，差點跌了個四腳朝天，幸好及時抓住了門柄，才沒有把泥泥摔到地上去。

這愚蠢的沙猜本！我忍不住罵出聲來。一丁點兒小事，教了又教，還是不能記好，做妥。看看屋裡東一灘西一灘的積水，我心中的怒火，益發熾烈。

放下了泥泥，我朝後門走去。隔著落地玻璃門，我看到了沙猜本正踮著腳跟，將衣服掛到草繩上晾晒，衣服沒有扭乾，大滴大滴的水，猶如下雨般，滴滴答答地落得滿地都是；他瘦削的臉，也淌著一行一行的汗水。

我突然覺得有點不忍，按捺著即將爆發的脾氣，喊道：

「沙猜本！」

明明是平平常常的一聲呼喚，他卻全身震了震，待看見是我時，他急急地用手抹去了臉上的汗水，快步走了過來。

「沙猜本，」我吸了一口氣，盡量把聲音放得平和地說：「我告訴過你很多次了，請你在拖地板時，不要留下一灘灘的積水，為什麼你總是不聽呢？」

他不語，沒有血色的嘴唇，緊緊地抿成一條短線；豆大的眼珠，死死地盯著地面，好像那兒有塊亮澄澄的金子等著他去撿。

每次講他，總是這個樣子，也不知道他到底聽進去了幾成。過後一兩天，稍有改進；不久之後，卻又故態復萌，弄得人火冒三丈。每回發脾氣時，我總是特別懷念合乃。

合乃和沙猜本一樣，來自泰國。他為人樂觀，做工勤快，在我家幫傭那一段日子，總自動自發地把一切打理得井然有序，不必我勞神費氣，可惜後來染上賭癮，在工地聚賭打架而被公司開除，遣送回國。

合乃走後，來了沙猜本。

他瘦得像個營養不良的小男人，明明不是很老，偏偏額上眼尾盡是深深淺淺的皺紋。臉上的表情很冷、很硬，輕易不笑，笑時卻像在哭。最叫人受不了的，是他金口難開。一天到晚，老是心事重重的樣子，和他說話，他顯得心不在焉，做起事來，一塌糊塗。

撇開清洗地板一事不談，就單以晾晒衣服來說吧，他就老是不能做得令我滿意。告訴他，溼漉漉的衣服搭在繩子上面以後，一定要用夾子夾好，衣服乾了後，才不會虛飄飄地掉落在地上，沾沙黏塵。但是，說來叫人難以置信，這樣一樁簡簡單單的事兒，他居然記不住。初時顧念他是男人，不諳家務，也不怪他，只是和顏悅色地向他解釋，甚至示範給他看。他面無表情地聽，面無表情地看，像個泥塑的人，一點反應也沒有；我呢，老像是對著一堵牆在說話。

這樣過了好幾個星期，還是沒有改進，我不免向日勝發了點牢騷，要他另換一個，他嘆了口氣，說：

「唉，大家都是離鄉背井老遠跑來大漠找口飯吃的人，將就點，算了啦！」

將就點？唉，將就點！

日子就在我睜一隻眼閉一隻眼的容忍中慢慢地流走了。

2

這一天，吃過晚飯，日勝一面喝著熱茶，一面閒閒地說道：

「明天一早，我要到利雅德去。」

利雅德是沙烏地阿拉伯的首都，通常每隔一段時間，他便必須飛往那裡開會。

「去多久？」我問。

「五天。」

一聽這話，寂寞便好像一個麻包袋，兜頭將我罩住。是真的寂寞嗎？也許不，是一顆心無處安放的那種空虛。

把碗碟放進廚房的水槽裡，我把水龍頭扭開，水聲嘩啦啦地響，寂寞這隻獸，就在心裡慢慢地膨脹。

五天。

又有五個對影成雙的日子。

平時，日勝下班回來後，一家三口常常外出兜風、用餐；有時，哪兒都不去，坐在院子裡閒話家常，卻也是生活的一大樂趣。他一走，日子彷彿變成了口香糖，越拉越長，越長越沒有味道。要是旅居在別的國家，我還可以獨自帶泥泥四出散心，偏偏這裡是風氣閉塞的沙烏地阿拉伯，他一離家，我便寸步難移了。

次日一早，送了他出門後，我坐在桌邊看書，泥泥興致極高地玩著新買的玩具，那是一隻可愛的塑膠唐老鴨，有四隻小輪子，繫著一根彩色繩索。他拉著鴨子，邊跑邊喊，玩得正高興時，冷不防腳下一滑，撲倒在矮几上，他嚎啕大哭，令人怵目驚心的鮮血，汩汩地湧出。驚駭欲絕的我，飛快地衝過去，抱起他，發現他薄薄的嘴唇被尖銳的桌角割開了一個大裂口。我心慌意亂地撥電話，要求日勝公司裡專司福利事宜的職員小賴立刻來載我們到醫院去。

抱著血流不止的泥泥，我連心都在發抖。醫院坐落於市中心，醫生和護士，清一色全是外地人。來自埃及的那位中年醫生，仔細地檢驗了泥泥的傷勢以後，語氣和緩地說道：

「夫人，請放心，傷口不深，不必縫針，我幫他敷藥止血，便可以回去了。」

我那顆像坐雲霄飛車一般的心，立刻穩穩地落了地。經過了這一番折騰，疲累不堪的泥泥，伏在我肩上，沉沉地睡去了。

走出醫院時，看到小賴和迎面而來的兩個人打招呼，我不經意地瞧了瞧，啊，竟是沙猜本！跟在他後面的，是公司福利組的另一名職員小陳。

沙猜本凹陷的雙眸渾渾濁濁地布滿了糾纏不清的紅絲，目光渙散，整個人恍恍惚惚的，好似踏在雲裡霧裡，我向他點頭打招呼，他竟然視而不見。

「怎麼啦？」小賴朝小陳問道。

小陳朝沙猜本呶呶嘴，說：

「他呀，夜夜睡不著，幾乎要崩潰了啊！」

「為什麼不去看公司裡的醫生？」

「他申訴藥方無效。」

「乾脆叫他收拾包袱回家去算了！」小賴皺著雙眉，以不客氣的語調說道。

「他肯倒好。」小陳苦笑著回應。

大家都不約而同地嘆了一口氣。上車後，我問小賴：

「工人是否都普遍面對失眠的問題？」

小賴一邊發動引擎，一邊答道：

「工人初到這裡，多半難以適應。氣候、膳食、風俗的不同，加上娛樂設備的匱乏，都是造成他們極端想家的原因。所以，只要他們投訴，公司的醫生便會開安眠藥給他們。」

「長期依賴安眠藥，恐怕會影響健康吧？」

「哦，工人們通常一兩個月過後便能很好地適應了，安眠藥只是在過渡期間幫助他們而已。」他說：「你想想，工作這麼辛苦，身體這麼疲累，回到宿舍後，真是站著也能睡著！」

「那沙猜本來了已有好長一段時間了，為什麼還不能適應呢？」我問。

「沙猜本？唉，他是個令人頭痛的人。」小賴的聲音明顯地摻入了不悅：「工作馬虎得要命，一天到晚，老像在夢遊。他原本是在工地工作的，有一回在搭架子時摔了下來，人事組才把他調到廚房當雜役。哦，我記起來了，他現在不就在你家幫傭嗎？你覺得他如何？」

「的確不行。」

我據實以告，小賴一邊聽，一邊搖頭：

「本來嘛，當雜役是最輕鬆不過的，但是，他連這樣的小事也做不好。和他一起工作的人，都投訴他整天做白日夢。我們警告過他，甚至嚇唬他要辭退他，但他這樣一個整整四十歲的男人，居然哭得像個小孩，說什麼家裡有五個小孩要養，妻子又跟人跑了，把他辭退，等於叫他去死……」

「這麼說來，是家事影響了他囉？」我打岔地說。

聽出了我語調裡的寬容，小賴正色地應道：

「家事和公事，是不能混為一談的。誰人無家？有家的又有誰沒有煩惱？」談到這裡，車子已經轉上了山坡，山脊上的小白屋遙遙在望。

泥泥醒了過來，舌頭觸及唇上的傷口，驀地發出了尖銳的哭聲，我細聲哄他，但是，沙猜本那張沒神沒氣的臉，卻像附在腦子裡的水蛭一樣，揮之不去。家家有本難唸的經，沙猜本家裡的那本經，也許比哪家的經都難念哪！

3

成日成夜地關在冷氣房子裡，整個人變得好似一個罐頭。這天傍晚，氣候薄涼，我趕緊敞開大門，享受戶外的新鮮空氣。

大門以外，是一大片碎石地，泥泥最喜歡在這裡和常來的那頭野狗拋石取樂。昨日撞裂的嘴唇還腫脹著，但他卻完全忘記了痛楚，對著野狗噘唇嘟嘴做鬼臉。

正玩得高興時，突然聽到籬笆外有人喊泥泥，他高興地回頭看我：

「媽媽，叔叔送飯來囉！」

我的膳食，都是由公司的廚師煮好送過來的，送飯的僕從亞良，廿來歲，稚氣未泯，很喜歡講話。他說話不是一句一句的，而是一串一串的，只見嘴巴一張一合，一串一串的話，便叭達叭達地掉下來了。

我站起來接過餐盒，順口問道：

「今天吃什麼呀？」

「炸雞、苦瓜、蘿蔔湯。」他笑嘻嘻地答道：「夫人，你知道嗎，我最喜歡吃炸雞了，一口氣可以連吃三四個雞腿呢！不過，我不喜歡苦瓜，我媽媽說，苦瓜吃得多，會變苦瓜臉呀……」

「嗳，」我打斷了他的話：「我現在最想吃的，是冬菜蒸豬肉啊！」

他一聽，立即「火上添油」地說：

「哎呀，夫人，我夜夜都夢見媽媽為我做滷豬肉哪，用黑醬油、蜜糖和酒一起滷，一層肥、一層瘦；每回大快朵頤地吃得正香時，卻又醒了過來，真是悲得飆淚呀！」

我一方面被他的話弄得食慾洶湧澎湃，另一方面，卻又被他那種垂涎欲滴的樣子逗得忍俊不禁。走進屋子裡，把餐盒擱在餐桌上，再走出屋外時，發現他還蹲在那裡和泥泥拋擲石子，玩得不亦樂乎。

「沙猜本這一兩天怎樣了？」我趁機打聽：「還在鬧失眠嗎？」

「沙猜本？」他搔了搔頭，想了一會兒，才恍然大悟地反問我：「你是說那個神經佬沙猜本啊？」

「神經佬？」我語帶責備地說：「你怎麼叫他這樣不雅的綽號！」

「宿舍裡人人都是這樣喊他的嘛！」他聳聳肩，無所謂地應道：「夫人，你知道嗎，他老是睡不著，三更半夜在宿舍裡走來走去，像個幽靈一樣。有時睡得好好的，卻又突然哭醒，醒了以後，還哭上老半天才收聲。白天在廚房工作時，又無端端地自言自語。最近，我還看到他打自己耳光、拉自己耳朵哩！你說，這不是發神經，是什麼！」

「他也許是想家想出病來了。」我同情地說。

「坦白說，他也不是一來這裡就有病的。」亞良的聲音，突然嚴肅起來了：「我覺得來自泰國的其他工人應該對他的病負一部分責任。」

「怎麼說呢?」我狐疑地問道。

「他們——唔，他們知道沙猜本的妻子跟別的男人跑了，閒來無事，便整天拿這件事來開他玩笑。有時，玩笑開得太過火，惹怒了沙猜本，他便和他們打架，但是，他那個木柴似的身子，三兩下便被人打得趴在地上了。這時，他們更囂張了，話也說得更過分了。漸漸地，沙猜本一句話也不講了，但是，他們還是不放過他，老是把他當小丑來戲弄。」

本是同根生，相煎何太急!我生氣地問道:

「泰國這麼多工人，難道沒有一個人出面阻止這種無聊的玩笑嗎?」

「這裡生活這樣苦悶，他們巴不得有個人讓他們尋開心啊!」

談著談著，暮色已一點點地流進院子裡了。沉落在山後的夕陽，在山坳處殘留了一抹蒼白無力的光，那黯淡的天幕，把廣闊無垠的沙漠籠罩得更加昏黃灰暗了。

泥泥吵著要吃飯，把他牽進屋子裡，掀開餐盒，炸雞濃郁的香味撲鼻而來，泥泥說:「媽媽，我要雞腿!」我把炸得酥酥脆脆的雞腿放進盤子裡給他，自己夾了點苦瓜來吃，苦瓜的苦味在味蕾上興風作浪，在這一剎那，我忽然間想到，沙猜本不知道是不是吃了太多苦瓜，生活才會變得這麼苦澀的？這時，冷不防盤裡的苦瓜忽然發出了聲音：「您別冤枉我！」嘿嘿！

4

沙猜本又好幾天沒有來了。

清晨起來，意興闌珊地提著一大桶髒衣服，正想丟進洗衣機時，門鈴卻響起了。站在門外的，是沙猜本。他低著頭，以瘖啞的嗓子說道：

「夫人，對不起，我生病，所以，沒有來……」

「哦，沒有關係。」我溫和地說：「進來吧！」

幾天沒見，臉色蠟黃的他，變得更瘦削、更乾癟了，好像一個剛剛出土的標本，只剩一張薄薄的皮。

由於他性格木訥內向，我一向都很少和他聊天。現在，知道了他的真實情況，我也不願意以憐憫來加深他的自卑，因此，一如既往地把泥泥抱進房間，讓他靜靜地做工。

在洗衣機「紮紮」的響聲裡，夾雜著他咳嗽的聲音；他不敢大聲咳出來，拚命壓抑，那種宛如蒙著一層紗的咳嗽聲聽起來特別的悲切。身在異鄉為異客的他，手上洗的是別人的衣物，心裡想著的卻是自家的五個孩子。

前些日子，有人告訴我，他最小的孩子才兩歲多，和泥泥年齡相仿。泥泥衣服很多，我挑了好幾件，裝在袋子裡，準備在他離開時送給他。

他把洗好的衣服一一夾在繩子上晾晒，之後，取了拖把來拖地，頭顱依然俯得低低的，像個諱莫如深的悶葫蘆。被他洗過的地板，好似下了一場雨，溼漉漉的，有些地方，居然還泛著起起滅滅的泡沫，但是，我卻不忍心斥責他了。

做完工後，他面無表情地說：「我走了。」我說：「等一等。」把剛才挑好的那袋衣服遞給他，說：「這些衣服太小了，泥泥穿不下，送給你的孩子。」他抬頭看看我、看看那袋衣服，又看看泥泥，沒有伸手來接，然而，薄薄的嘴唇，突然劇烈地抖了起來；少頃，全身彷彿染了嚴重的風寒，由肩膀到足踝，都簌簌地發著抖。我嚇了一跳，想起了他的綽號「神經佬」，本能地後退了幾步，以身體護著泥泥，下意識地想奪門而逃。這時，他喉嚨裡發出了一點含糊不清的聲音，咕嚕咕嚕，像是濃痰淤塞的聲音，又像是哽咽的聲音，接著，無法控制的眼淚竟像洩洪般洶湧而下，在他的臉上衝出了千溝萬壑。

啊，他一哭，原本想要拔足飛逃的我，反而鎮定了。這個終日生活在他人的譏諷和嘲笑中的男子、這個自我尊嚴長期被人踐踏在腳底的男子，偶爾感受到人世間一丁點的溫情，居然便感動成這個樣子！我鬆開了泥泥的手，盡量以平和的聲音說道：

「沙猜本，這些，全都是泥泥的舊衣服呢，如果你願意接受，我很高興呀！」

眼淚狂流不止的他，這時索性痛哭出聲了。呵，我這一輩子，曾看過為了緣盡而抽泣的男人、也曾看過熬受不了病痛折磨而默默流淚的男人，但是，但是呵，為了這等小事而嚎啕大哭的男人，我卻還是頭一遭碰見。這個沙猜本，簡直令人束手無策呵！

他捂著嘴哭，整張臉有如一團揉皺了的廢紙，我尷尬而又難過地站著，看著他生生不息的眼淚掠過面頰，化成綿綿不絕的雨點，滴滴答答地落在地上。過了半響，他才勉強地控制了自己，原本鬆弛的眼瞼，劇烈地跳動著，看起來滑稽而古怪。他用手背狼狽地擦掉了臉上殘存的淚水，開口了：

「我的孩子，那個小男孩，兩歲，死了。上個星期，死了，病死了。」語不成句，但是，每一個字，都好似被火烙得通紅，他整張臉，都因為極端的痛楚而扭曲著。

我很震驚。如果說有18層地獄，那麼，喪子之痛，便是最最最底層火燒油淋那種痛不欲生的折磨啊！

在這一刻，我實在痛恨自己，實在恨。怎麼沒有事先打聽清楚，便貿貿然地在別人潰爛的傷口上大把地撒鹽呢？

我的心，化作了一團亂線，還沒來及做出任何反應之前，沙猜本卻已雙手合十，低著頭，以瘖啞的聲音說道：

「對不起。」

他的頭俯得那麼、那麼低，尖尖的下巴幾乎已經貼在瘦骨嶙峋的前胸了。說完這句話後，他便佝僂著腰，慢慢地轉身離開了。我聽見眼淚猶如驚濤駭浪地在他胸臆間洶湧澎湃地撞擊著，隨時會把他薄薄的身子撞出許多個小窟窿……

他踽踽遠去的背影，憔悴、憂傷、蒼老。

5

這天，特別的熱，太陽像是一張噴火的嘴巴，整個大地都在焚燒。儘管屋裡六臺冷氣機同時開動著，可是，烈焰般的熱氣還是咄咄逼人地從扁扁的門縫裡硬生生地擠了進來。

我汗流浹背，手執小說，有一行沒一行地讀著，心緒低落。

就在這時，門鈴響了。我自沙發一躍而起，從貓眼看出去，啊，是春梅呢！當即歡天喜地地拉開了大門。春梅來自臺灣，來此當護士，我倆頗為投緣，時有往來。

「今天休假啊？」我高興地問道。

「是呀！」她說：「醫院病人那麼多，忙得連頭頂也冒出煙氣呢！上司已經連續兩週要我銷假回去工作了。好不容易盼來了例常休假，想念妳呀，就來看看妳囉！」

說著，將她親手烘焙的奶油蛋糕遞了過來，我忍不住歡呼了一聲。

春梅的奶油蛋糕，厚軟、飽滿、綿密、豐潤，吃著時，就像初春一場出其不意的雪輕輕地融化在舌面，整個人，就酥酥軟軟地被幸福包圍了。

我告訴春梅，上週在市中心一家蛋糕店為泥泥買了個奶油蛋糕，要價新幣65元，味道遠遜於她的呢！春梅眉開眼笑地叫嚷道：「我要改行啦！」

我取出輕易不露面的那罐鐵觀音，釅釅地泡上一壺，把蛋糕切開，那燦爛的金光立刻溫柔地瀰漫於室內。

春梅啜了一口茶，用手揉了揉臉，不意竟揉出了滿臉的疲憊，她自我嘲諷地笑道：「嘿，說來好笑，我輪值夜班時，疲倦得連腳趾頭都沉沉地睡著了，但是，還得硬生生地撐著沉甸甸的眼皮，聽病人申訴他們如何被失眠症折磨得死去活來，妳說，諷刺不諷刺啊？」

一聽到失眠症，我的腦子立刻閃過了沙猜本那張萎蔫的臉，我坐直了身子，急切地問道：

「在妳任職的那所醫院，醫生如何診治失眠症？」

「過去，一般上，都給病人開安眠藥，畢竟這是立竿見影的治療法；然而，現在，只要病人同意，我們都試用針灸來進行治療；針灸沒有副作用，療效又不錯。」

「針灸？要醫治多久才能見效？」

「那些病情嚴重的，每天來針灸一次，連續三個月，便可以看到顯著的療效了。」

「針灸一次，收多少錢呢？」

「折合新幣，每次大約50元吧！」

我嗒然若失，這麼高的醫療費，沙猜本是絕對承擔不了的。

把沙猜本的事情源源本本地告訴了春梅，春梅邊聽邊嘆氣，滔滔不絕地向我分析失眠症的種種類型。

她指出，引發失眠的因素很多，第一種是短暫性的失眠，是由精神的壓力造致的，比方說，考試啦、重大的工作計畫啦等等；一旦壓力解除，他們便能高枕無憂了；或者，有時，臨睡前喝了刺激性的飲料、旅行的時差、服了某種藥物所帶來的後遺症等等，也都會影響睡眠，不過，這是輕微性的，通常都能不藥而癒。第二種是短期性的失眠，這是由感情的創傷造成的，比方說：失婚、失戀、喪偶、失業、投資失利等等，都會造成數週或數月的失眠現象；然而，只要想通了、看開了，自然便能痊癒。第三種長期性的失眠，是最為棘手的；患者無法承受外來的種種打擊，患上了憂鬱症，「外憂」轉為「內患」，徹底地賠上了睡眠。

不幸的，沙猜本的失眠症正屬於第三種。

「類似沙猜本這種情況，如果單單只讓他服用安眠藥，是治標不治本的。」春梅條分縷析地說：「心理治療加上服用藥物，才是對症下藥的做法。不過呢，最徹底的方法是讓他換個環境，比如說，讓他回到泰國和孩子們同住在一起，慢慢地，在親情的滋潤下，他也許便能淡忘曾有的創傷了。」

「回去？全無可能！」我搖頭：「他必須靠這份薪水奉養雙親和撫養四個孩子啊！」

「既然全無退路，他就得自求多福了！」春梅嘆了一口氣，說道。

根據春梅憶述，她有個病患，是名工程師，由臺灣隻身前來吉達工作，妻子和獨子與父母同住。那一回，父母與妻兒同時出門，不幸遇上車禍，雙親和妻子當場喪命，獲救的獨子頸椎嚴重受傷，頸部以下癱瘓。他幾乎瘋掉了，趕回去辦了喪事，將獨子交由妻姨照顧。回到大漠後，罹患了失眠症，深切的痛苦化成了魑魅魍魎，將他的睡眠捅得支離破碎。他活得像個行屍走肉，兩眼發紅，嘴裡發著異臭，迷離恍惚。夜裡上天下地求夢，夢不來，白天他偏又虛虛晃晃的像個會走路的夢。服藥、心理輔導全不管用。那一天，他服藥過量，被送到了醫院，春梅在他的身上聞到了恐怖的死亡氣息。當他甦醒時，春梅刻意對他說道：「你到鬼門關裡轉了一趟呢！如果你死了，孩子不就成了孤兒嗎？」他把臉轉向牆壁，春梅看到他因哭泣而聳動的肩膀，知道她的「狠話」產生了一定的效果。事後，他告訴春梅，「孤兒」這兩個字，使他如遭雷殛，父母雙亡而他痛苦如斯，他又怎能讓劫後餘生的獨子承受同樣的痛苦！他出院後，到沙漠搭帳篷，住了一晚，在那闃無一人的地方，他狂喊、狂哭，將盤踞於心中的魑魅魍魎驅趕出去。回家後，睡了幾天幾夜，醒來後，想通、想透，整個人便從牛角尖裡鑽出來了。

「一個人，如果沒有自救的意識，就像是跌進了流沙裡，會越陷越深，最後，慘遭沒頂是必然的結果！」春梅說：「沙猜本是必須靠自己的力量站起來的。」

我同意。自救，許多時候，就是一帖最為靈驗的藥啊！但是，自救是需要智慧和勇氣的，性子懦弱的沙猜本，是不是具備了自救的條件呢？

渾濁的暮色，漸漸地化成了一片蒼茫，遠處的山，只剩下了幢幢黑色的剪影。

六點整，阿良送來了晚餐。我留春梅吃飯，她答應了。但我掀開蓋子一看，噫，正是我最討厭的清炒黃瓜和醬油滷雞；前者炒得稀爛、後者鹹得澀口，這樣的菜餚，自然不能用來招待客人囉！

「春梅，我們還是到餐廳去吃吧！」我說。

「噯，市區人那麼多，我懶得去擠呀！」春梅說：「我看，就在家裡隨意吃吧！」

剛下班回來的日勝，聽到我們的對話，建議我們一塊兒到工地去參加燒烤會。公司裡的泰國工人，為了調劑生活、聯繫感情，每隔一段時間，便會在宿舍前那一大塊空曠的沙地上舉行燒烤會。我們偶爾也會接受邀請，與他們同吃共樂。春梅一向喜歡燒烤食物，欣然同意。

沙漠的夜，通常是深沉而詭譎的，可是，這晚，月光異常強悍，把整個空曠的沙地照得白晃晃的；星星呢，肥碩而飽滿，星光浩瀚，有著童話般的瑰麗。

遠遠地，烤肉的香味鋪天蓋地。烤架下的炭塊，明明暗暗地閃爍著；烤架上的肉，煙霧與香氣纏綿綣繾。

建築督工熱切地招呼我們坐下，少頃，便捧來了幾罐標明沒有酒精的「啤酒」，春梅一拿在手上，便兀自笑了起來。我瞪著她：「妳怎麼啦？」她邊笑邊說：「這種啤酒，味道很怪，我第一次喝它時，覺得它像腐壞了的洗米水。」說著，拉開罐子，津津有味地喝了起來，看到我一臉愕然，她聳聳肩，說：「喝多了，也就習慣這股霉味了。妳沒聽過嗎，久入鮑魚之肆而不聞其臭呀！」啤酒沒有了酒精，便像沒有了靈魂；我寧缺勿濫，堅拒入口。然而，這種飲料，在禁酒的沙烏地阿拉伯，是極受勞動階層歡迎的。泰國工人，人手一罐，大家都喝上癮了。

接著，有人為我們端來了一大盤燒烤雞翅膀。

飢腸轆轆的我們，風捲殘雲地吃得精光，泰國督工又為我們端來了一盤燒烤雞腿。這時，不遠處一陣突兀的笑聲忽然像爆竹一樣爆了開來，我和春梅同時回過頭去看。

站在角落處的，是神情萎頓的沙猜本，幾名半蹲半坐的泰國人正笑得前俯後仰的，好不開心。再仔細一看，沙猜本前面，跪著一名泰國工人，他雙手緊握在胸前，裝出一臉痛苦的樣子，尖著嗓子，說著一連串泰語。他愈說，眾人就笑得愈厲害。沙猜本背脊微駝，兩隻瘦小的拳頭攥得死緊。他眼中無淚，但是，有恨，像一隻困在籠中的野獸，很想破籠而出，但又缺乏那種搏鬥的勇氣，因此，流露在臉上的那種恨，便帶了令人心悸的絕望。

我問站在一旁的督工：

「他們在鬧些什麼呀？」

他朝那個角落斜看了一眼，淡淡地說：

「沒什麼，開開玩笑啦！」

「開玩笑？開什麼玩笑？」我毫不放鬆地追問。

「呃呃——」他囁嚅半晌，才說：「好像是在作弄沙猜本……」

「又是拿他太太私奔的事來嘲弄他吧？」我盯著他的臉問。

他微感詫異地看了我一眼，才點頭承認道：

「是的。」

「大夥兒把快樂建在別人的痛苦上，你們不覺得很殘忍嗎？」我冷冷地說。

「他們在宿舍裡常常這樣玩，我也管不了他們……」他神色尷尬地應道。

這時，角落頭又傳來了瘋狂的笑聲，春梅突然扯了扯我的手肘，說：

「走吧，我們回去吧！」

在回家的路上，我依然忿忿不平地說：

「這些人，怎麼沒有半點同情心！」

「吹皺一池春水，干卿何事？」春梅語調冷淡地說：「妳又生哪門子氣呢？」

「春梅，妳什麼時候變得這麼冷漠呢？」我微感不滿地說道。

「唉，難道妳沒有發現，他們是周瑜打黃蓋，一個願打，一個願挨嗎？」

「哪裡！我明明看到沙猜本滿臉的憤怒與不甘！」

「他如果真的生氣、真的不滿，就應該反抗呀！」春梅提高了聲量：「一個年紀不輕的大男人，把自己放在砧板上，任人魚肉，值得同情嗎？妳口口聲聲說那些工人殘忍，然而，正是沙猜本的懦弱縱容了他們的放肆啊！物必自腐而後蟲生的道理，正好用在他身上！」

春梅說得慷慨激昂，我靜下心來想想，卻也不無道理。

沙猜本落入今日的困境，自己是要負一定的責任的。性格支配人生、心態影響生活，沙猜本的悲劇性格和負面心態，使他人生的旮旯鋪滿了砂石，他跌跌撞撞地走著，每分每秒都有摔跤的可能性。

6

埋藏在沙猜本心中的「地雷」終於爆炸了，把他自己炸得鮮血淋漓。

那天傍晚，當日勝把消息告訴我時，我正坐在地上餵小泥泥吃粥，聞言抬起頭來，接觸到日勝那雙爬滿了紅絲的雙眼，精神緊繃的我，神經兮兮地再問一遍：

「什麼？剛才你說什麼？」

他以喑啞的嗓子重複說道：

「沙猜本自殺了。」

我雙手一抖，抓不緊那碗，碗摔在地上，慘白的粥，流滿一地。泥泥受了驚嚇，哇哇大哭。

啊，沙猜本自殺了。

這，應該是意料中的事啊，為什麼我卻像被人狠狠地打了一拳般，痛得如此難受呢？

日勝告訴我，由於沙猜本長期以來患有神經衰弱症，夜夜失眠，屢醫無效；晚上，他在宿舍裡四處走動，時而喃喃自語、時而無故哭泣，弄得宿舍裡的工友也陪他失眠，怨聲載道；白天呢，他卻又懨懨欲睡，分心分神，無法好好工作，公司決定解僱他。

就在人事部把解僱信交給他的當天晚上，他便在夜半時分靜悄悄地用刀片割脈，鮮紅的血汩汩地流得滿床都是，同室工友開燈上廁所時發現了，十萬火急地將他送往醫院，才在死亡邊緣把他救了回來。

沙猜本出院後的第二天，便被遣返泰國了。

他以後將會面對什麼樣的命運，沒有人知道，也沒有人關心。

他走了以後一段很長的時間，每逢早上門鈴響起，我總下意識地以為沙猜本來幫我洗衣掃地了；然而，站在門外的，不是他，永永遠遠也不會是他。

沙猜本就像是一股風，乍來乍逝，留下的，僅僅只是一股陰冷的寒意……

失蹤

此刻的瑪格麗特，
就像是一個等待愛人被判刑的人。
判刑的日子遙遙無期，她最後等來的，
可能是死刑，也可能是無罪釋放。
這樣的等待，著實是一種殘酷的煎熬。

1

我和瑪格麗特是在一種極為詭譎的情況下結識的。在日後的交往中，我們常常會不由自主地提起初識那一天的情形；而每回提起便忍俊不禁，然而，笑過以後回想，背脊卻依然會發涼。

瑪格麗特來自英國，和我一樣，她也是因為夫婿到沙烏地阿拉伯工作而旅居吉達的。

記得那天是星期四，我到「百麥加」去買椰棗泥。這是阿拉伯人嗜食的一種甜食，他們將熟透的椰棗搗成泥狀，烘烤成甜品，香而不膩；放一塊在嘴裡，能讓粗糙的舌頭變得圓潤柔滑，是一種極為美妙的享受。

「百麥加」是一條既闊又長的大街，許多小巷如蜘蛛網般分岔出去，大街小巷裡密密麻麻的盡是大小商店和流動攤子，出售各式各樣傳統的阿拉伯食物、衣服、用品。不論白天或晚上，都擠滿了不知從哪兒竄出來的人；人氣、汗氣、吵聲、鬧聲，流滿了整個空間。

天氣熱得驚人，走不一會兒，便汗流浹背了。

賣椰棗泥的攤子很多，好幾十公斤的椰棗泥好似一個小丘般黏在一起，蒼蠅麇集，看起來不太衛生，單看不吃，胃口已失。天氣炎熱，攤販的汗水百川歸海地掉進了椰棗泥裡，最為可怕的是，買回家的椰棗泥，多出了一些不該有的鹹味兒，嘿嘿！

我慢慢地走著，在街頭轉角處，看到有個年過七旬的攤販，纏在頭上的紅布巾與穿在身上的白袍，全都是乾乾淨淨的。他拿著一方手帕，不時拭擦臉上淌著的汗。有一名金髮碧眼的外籍婦女正站在攤子前，饒具興味地將椰棗泥掰成一小團一小團的，放進透明的塑膠袋子裡。「就在這攤買吧！」我告訴自己。和那婦女並肩站著，取了一個塑膠袋，伸手去掰椰棗泥。

就在這時，離此不遠的清真寺悠悠地響起了誦經祈禱的聲音，年邁的攤販對著我們嘰哩呱啦地講了一串阿拉伯話。我聽不懂，因此，漫不經心地繼續掰著椰棗泥。冷不防攤子後面忽然響起了雜沓的腳步聲，我抬起頭，說時遲、那時快，一道鞭影突然「咻咻」地迎面揮來，「啪」的一聲，重重地落在年邁的攤販身上，他驟然吃痛，皺紋像是吃驚的蜘蛛一樣在臉上四處竄走，抓也抓不住。他哀哀地慘叫一聲，猛然撲倒在地上。我張大了嘴，驚駭欲絕。天啊，究竟發生什麼事了？旁邊那位外籍婦女，顯然也被嚇呆了，拿著塑膠袋的手，簌簌地抖著。

警察拿著鞭子，在空中不斷地揮著、揮著，惡狠狠地看著我們，凶巴巴地說：

「祈禱時間到了，不準做買賣！」

話猶未畢，他的鞭子又大力揮向另一名沒有及時收攤的小販。被打者嚎叫撲地，而有些尚在做生意的攤主紛紛跪倒在地，朝麥加的方向膜拜祈禱，一時情況極為混亂。

這時，那名外籍婦女突然以冰冷的手拉著呆若木雞的我，說：

「跑，快跑！」

我隨著她穿越了百味麋集的小巷，好不容易才跑到車輛川流不息的大街上，我們停駐了腳步，互相對看，兩個人的臉，都變成了青白色的玻璃，又薄又脆，彷彿輕輕一碰，便會「喀啦喀啦」地碎掉。

我們這兩個萍水相逢的人，還不知道對方的姓名，卻莫名其妙地成了「患難之交」！

等祈禱時間過後，我們便相偕到離開百麥加大街不遠處一家很有個性的咖啡屋去。

這家咖啡屋，從世界各國進口咖啡豆，研磨成粉，有多種口味。各種咖啡的香氣就像煙花，熱熱烈烈地在空氣裡綻放著，每一寸的空間都鑲嵌著香氣，我和日勝曾來過幾次，很喜歡那種在重重疊疊的咖啡香裡品嘗咖啡的感覺。唯一不習慣的是，咖啡屋不設座位，顧客必須站著啜飲咖啡，根據店東的解釋，唯有這樣，顧客才能全情投入地品嘗出咖啡的精華。

我要了一杯土耳其咖啡，初喝時，那種濃到極致的苦味不由得讓我聯想起黑暗的死亡，可是，喝完之後，峰迴路轉，苦味變成一種雋永的甘味，韻味悠長。她呢，要了一杯香甜濃膩的義大利咖啡。

捧著煙霧裊裊的咖啡，我們都有著一種剛從噩夢中醒來的感覺。

我們簡單地進行了自我介紹，她名字喚做瑪格麗特，來自英國伯明罕，丈夫是機械工程師，受僱於一家煉油公司，簽了兩年的合約，他們來此才短短半年而已。

沙烏地阿拉伯是個政教合一的國家，報紙上每天都在矚目的版位詳細刊載五次祈禱的時間，我知道他們必須每天按時祈禱五次；但我不知道在祈禱時間內一切活動必須停止；而我更不曉得，當地警察是以鞭子來對付那些來不及或忘記在祈禱時間跪地膜拜的人！

剛才那一幕，真是「驚心動魄」哪！萬一那不長眼睛的鞭子揮到我們身上來，後果就不堪設想了！

瑪格麗特看著我，微微地嘆著氣，說：

「看來我們還有許多事情是必須慢慢適應、慢慢學習的！」

我默默地點頭，雞皮疙瘩還在身上生生不息地冒著、冒著……

喝完咖啡，我們交換了聯繫方式，便揮手道別了。

我必須趕回家去服食「驚風散」呢！

2

沙漠的家居生活，就像是織布機上的白布，日出日落，一成不變。偶爾認識了有趣的新朋友，宛如白線裡摻入了其他顏色的絲線，生活的構圖，立刻變得瑰麗起來了。

蓄著短髮的瑪格麗特，有著一張像鵝卵石般光滑的臉，不施粉黛，可雙頰卻是白裡透紅的，好似塗上了以彩霞研磨而成的胭脂。她不常笑，每回笑的時候，臉上的酒窩便活潑地旋轉著，使她原本安靜的臉變得清朗生動。

她的丈夫達力，雙唇常年緊閉著，好像誓死在保護一個鎖在嘴裡的祕密。過分的沉默，使他看起來有點陰沉，即連唇上的兩撇八字鬚，也是奄奄一息的。每回看到他，總覺得他像一個上了鐐銬的影子，活得非常沉重。

瑪格麗特和達力結婚十年，五歲的獨子留在伯明罕沒有帶來。

他們的公寓坐落於吉達市的一個幽靜的住宅區內，高尚而典雅。瑪格麗特常邀我去喝下午茶，在談話中，她屢屢申訴旅居保守國度的極端苦悶。

「在伯明罕，我常常駕著車子到處逛，要做啥，便做啥，多寫意啊！來到這裡後，女性不許駕車、不許工作；這樣不能、那樣不能，事事受限制，整天無所事事地關在屋子裡，和囚犯又有什麼兩樣！」

旅居沙漠，雖然我也有心情憂鬱的時候，但是，沙烏地阿拉伯對我來說，是一個全新的世界，我有許多想探索、該探索而又樂於探索的；每天嘗試去翻閱這部陌生的書，每天都能找到新鮮的衝擊。

「唉，我不像妳，我覺得一點樂趣也沒有。」瑪格麗特蹙著雙眉，說道：「這樣的地方，如果不是為了清還房屋貸款，我是絕對不會來的！」

「是英國的房屋貸款嗎？」我問。

「是的。我們在伯明罕買了一幢獨立式的洋房，妳知道的，英國課稅很重，我們計算過，如果靠達力在英國那份薪水，20多年才能還清！」

「20年！」我驚嘆：「貸款還完時，你們也退休了！」

「正是！」她說：「我和達力都不願意一輩子當屋奴，所以，來這裡受苦兩年，希望能清還大部分貸款！」

達力背上沉沉地壓著一棟房子，遠來沙漠生活，不適應，又不喜歡，難怪總是愁眉不展，金口難開。

我呢，是樂觀主義的信徒，沙漠的生活即使再苦、再悶，我也不願意終日困鎖於愁城內。既來之，則安之嘛！

為了開解瑪格麗特，我亦莊亦諧地說道：

「瑪格麗特，妳且看看蝸牛，牠們活得比你們辛苦千百倍，你們只要傾盡全力工作一個短暫時期，便能把身上的負擔移開了，可憐的蝸牛，終生得把整棟房子馱在身上，然而，牠們依然活得有滋有味的，一寸一寸地爬來爬去，把世界看個透徹。這種『蝸牛精神』，我們都得好好地學習呀！」

我的「蝸牛論」把瑪格麗特逗得很樂，她笑，酒窩盪來盪去。我又說：「瑪格麗特，當我們沒有其他更好的選擇時，就得在唯一的選擇裡尋找樂子啊！」她聳聳肩，不置可否。

聖誕的跫音漸漸近了，瑪格麗特的臉，像一株亮了燈的聖誕樹，閃閃爍爍的，全都是喜悅的亮光。有一天喝下午茶時，她喜不自抑地告訴我，她和達力要回去英國歡度聖誕節了。心裡有了期盼，即使不笑的時候，肥肥的酒窩也歡歡喜喜地在臉上倘佯。她三天兩頭地往百貨公司跑，為家裡的老老少少選購聖誕禮物。然而，距離聖誕節還有兩個星期，瑪格麗特卻突然告訴我，有了突發情況，她和達力決定留在吉達過聖誕；接著，她懇切地邀我和一些朋友聖誕前夕上她家去共慶佳節，我一口便答應了。

瑪格麗特喜歡炊事，時常烘烤奶油蛋糕和製作芒果布丁分贈朋友，現在，為了歡慶一年一度的聖誕節，她鄭重其事地把菜單擬好，開始著手準備了。

任誰都沒有想到，聖誕節過後兩天，居然會發生那麼一件使人痛心的事，而瑪格麗特也萬萬沒有料及，這件事竟然改變了他們留居沙烏地阿拉伯的計畫！

聖誕前夕，我們依約上她的家。一進門，我便覺得自己墮入了一個童話般的世界裡。聖誕歌聲，夾帶著風和雪、夾雜著聖誕老人的笑聲和馴鹿的鈴聲，熱鬧而又柔軟地流滿一屋，音符裡，有一種陌生而又熟悉的感覺，在人的心尖裡揉來揉去。魁梧的聖誕樹，掛滿了五彩飾物，遠看好像四季常青的松樹突然不聽使喚地結出了一大朵一大朵璀璨的花兒，寓嫵媚於陽剛，充滿了夢寐的色彩。

大廳中央的長桌上，擺滿了食物，蔬菜沙拉、蛋黃醬拌馬鈴薯、燒烤牛肉、披薩、蒜泥麵包、水果布丁等等。當然，主角就是桌子中央烤得金光燦爛的火雞啦，看起來至少有六公斤重，豐腴豔麗、躊躇滿志。

瑪格麗特請了五對夫妻，當客人都到齊了以後，瑪格麗特以那首膾炙人口的聖誕歌曲《平安夜》(*Silent Night*)為這晚的歡慶掀開序幕。

瑪格麗特領唱，她的歌聲，輕柔似風，但不知怎的，我卻從那柔軟得像天鵝絨一般的聲音裡聽到了寂寞與空虛、惆悵與滄桑；後來，當客人也跟著唱時，竟然也感染了這樣的情愫。

達力在這個原該盡情歡笑的夜晚，顯得比往常更為憂鬱。他悶聲不吭地吃火雞，吃得很慢；吃完了，又再切割一片；不停、不停地吃，火雞的油膩化成了他唇上一圈圈寂寞的亮光。為了避免場面冷落，身為女主人的瑪格麗特的話說得比誰都多，也笑得比誰都大聲，但是，笑裡無歡，那樣的笑聲聽起來非常的空洞，雙頰上的酒窩，例行公事地旋轉著，看上去倒像是兩個淚的窟窿。

我有食不下咽的感覺。

餐畢，我偷了個空，問瑪格麗特：

「達力怎麼啦？好像心事重重似的。」

「發悶氣囉！」

「你們——呃，你們吵架了嗎？」

「吵架？才不是哪！今年的聖誕節，我們原本計劃回去伯明罕和孩子一起歡度的，但是，公司一名高級職員和上司發生了衝突，二十四小時內遞上了辭呈，我們被迫取消休假的計畫。達力現在患的是嚴重的思鄉病啊！」頓了頓，又說：「其實，我辦這聖誕宴會，就是為了舒緩他的思鄉病，但是，他病入膏肓，治不了！」

病入膏肓的，豈止是達力而已！我長長地嘆了一口氣，不再說話了。

聖誕節過後的兩天，達力便出了事。

3

那天早上，日勝上班還不到一個小時，便又匆匆地折返小白屋。

我正坐在沙發上看書，不待發問，他便以焦灼的聲音告訴我：

「達力失蹤了！」

「失蹤了？」我霍地坐了起來，雙目圓睜地問道：「你是說，達力失蹤了？」

「是的。」他的聲音裡透著苦澀的同情：「瑪格麗特早上撥電話給我，說他整夜沒有回家。她與達力的同事聯繫，竟然沒有一個人知道他的下落！」

想起在吉達種種可怕的傳聞，我聲音顫抖地問道：

「他，他會不會是出事死了？」

「沒有人知道究竟出了什麼事！」日勝微蹙著眉，說：「瑪格麗特精神狀況很不穩定，現在，我載妳去她家陪陪她吧！」

匆匆趕到瑪格麗特的寓所，來應門的，是她的好友珍妮，她悄聲對我說道：

「瑪格麗特整夜都沒有闔眼，剛剛服了鎮靜劑，在休息。」

看到瑪格麗特，我著實嚇了一大跳。伍子胥一夜白頭，原來不是子虛烏有的故事；眼前的瑪格麗特，原本那一頭金光閃爍的頭髮，被深沉的憂慮腐蝕得轉變了顏色，看起來白慘慘的。一夜未睡的疲憊，化成了眼眶裡的一團烏黑，蠟黃臉上的那雙眼睛，像死魚般瞪著前方。這樣的臉、這樣的神情，叫人只看一眼便痛苦得受不了。

我蹲在她身旁，握住她冰冷的手，盡量把聲音放柔放軟，說：「瑪格麗特，達力不會有事的，妳要有信心！」猶豫了一下，又說：「如果妳想哭，就盡情哭吧，不要憋在心裡。」

她抽回了被我握著的手，將整張臉埋在掌心裡，沒有說話。良久良久，才以一種疲倦得好像是跋涉了幾千公里路的聲調說道：

「菸，給我一根菸。」

我從桌上的菸盒裡取了一根菸，為她點上火，遞給她。

她抽，猛猛地抽，一截截慘白的菸氣從她嘴裡爬出來，好像一條條細細的、短短的、猙獰的蛇。她一邊抽，一邊喃喃地說：

「只要他回來，好好地回來，我什麼都不要了……」

就在這時，電話的鈴聲刺耳地響了，她整個人跳了起來，想要撲過去，珍妮做了個手勢，代她拿起了電話；我呢，按著她的肩膀，說：「瑪格麗特，鎮定點！」她死死地盯著珍妮，珍妮談了一會兒，神色凝重地擱下了電話筒，欲言又止，半晌，終於說道：

「瑪格麗特，是英國大使館撥來的電話，他們查不到任何關於達力的訊息，但是，他們會繼續努力的……」

瑪格麗特拿著香菸的手突然劇烈地抖了起來，菸灰撒得一身都是。珍妮趨前，取去了瑪格麗特夾在指間的香菸，以手臂圈住她的肩膀，溫言細語地勸慰她。好一會兒，瑪格麗特才灰白著臉，站了起來，顫巍巍地向房間走去。她倒在床上，臉朝牆壁。

我和珍妮坐在廳裡，誰都不願意開口，生怕那些不吉利的話會控制不住，衝口而出。

中午，我和珍妮弄了些三明治，泡了牛奶，勸瑪格麗特進食，但牛奶逐漸冷卻而三明治變得乾硬，瑪格麗特斛然不動地面壁躺著。時間一點一滴地溜走，我和珍妮都束手無策。

到了下午，珍妮表示家裡有事，必須回去處理，我獨自留下陪她。她一直沒有起床，我就一直呆呆地坐著，什麼都不能做，什麼都做不了。此刻的瑪格麗特，就像是一個等待愛人被判刑的人。判刑的日子遙遙無期，她最後等來的，可能是死刑，也可能是無罪釋放。這樣的等待，著實是一種殘酷的煎熬。嘩啦嘩啦的山雨是不可怕的，最可怕的是山雨來臨前狂風呼嘯地灌滿樓房的情況，在恐懼的幻覺裡，岌岌可危的樓房隨時隨地都會倒塌下來，可是，欲逃無門呀！

傍晚，日勝來接我，她聽到聲音，自床上一躍而起，赤著腳跑出來，悽悽惶惶地問道：

「怎樣，有訊息嗎？」

「沒有。」日勝心情沉重地答道：「不過，大家都在努力……」

「你們一定要幫我，一定要！」她的聲音又乾澀又沙啞，原本布滿於雙頰的紅潤，這時，全都爬到眼白去了。

「一定的，請妳放心！」日勝懇切地說。

我趁機進廚房倒了一大杯鮮奶，硬硬地塞在她手裡，說：

「瑪格麗特，多少喝一些，不要這樣折磨自己！」她一口一口機械化地喝著，目光渙散。這時，其他朋友陸續來了，我也就和日勝一起告辭回家了。

第二天，達力依然音訊杳然。

瑪格麗特一大早便到英國大使館去，但等了整個早上，還是沒有訊息。那麼一個活生生的人，像是突然從地平線上消失了——消失得那麼突然而又那麼的徹底！

下午，瑪格麗特回到家裡，精神已接近崩潰的邊緣了。我和珍妮去看她時，她竟然對著我們大喊大叫：

「走，你們走，不要管我！」

我們自然不肯走，不旋踵，她又以飽含眼淚的聲音哀求著說：

「求求你們，回去吧！我不會做傻事的，我只是要獨自靜一靜而已！」

我和珍妮交換了一個眼色，相偕走了出去。從來沒有一次，我心情沉重如斯。瑪格麗特那張白得驚人的臉，臉上那份近乎絕望的表情，化作了一張黑色的網，罩住了我，令我覺得連呼吸都困難了起來。

達力，你在哪裡？我喃喃自語。還有一句話，我硬生生地把它壓在舌根底下。達力，你究竟還活著嗎？

4

達力是「失蹤」後的第三天早上回來的。

當日勝傍晚把這消息帶回來給我時，不知怎的，我竟然覺得很茫然，這兩天兩夜，我的神經，分分秒秒都緊繃著，現在，一旦鬆弛了，心裡反而有著一種無所適從的感覺。

吃過晚飯而來到瑪格麗特的家時，一屋子都是鬧哄哄的人聲。

達力坐在大廳中央，清臞的臉，瘦了一圈，下巴尖削如刀。他臉上的表情，陰鬱深沉，沒有半點兒「劫後餘生」的喜悅。瑪格麗特呢，剛好相反；她眼白的紅色，重又爬到雙頰來；湛藍的眼珠，被笑意裝點得亮晶晶。她緊緊地挨著達力，雙手圈著他瘦瘦的胳臂，似乎擔心他在轉眼間又消失掉。

不待我們發問，眾人便七嘴八舌地向我們報告了達力「失蹤」的經過和緣由。

那天，達力下班回家時，駕車超速，誤闖紅燈，被當地的交通警察逮個正著。達力不諳阿拉伯語而警察又不通英語，該名狐假虎威的交通警察，不由分說地把他關進牢獄裡。他再三要求撥電話通知瑪格麗特，或者，聯繫英國大使館，可是，他們置若罔聞。他和其他囚犯擠在一間狹小的囚室裡，吃不下、睡不著，歷盡煎熬地度過了漫長的兩天後，才又莫名其妙地被釋放了。

對於這一件事，眾人一致的反應是憤怒，我幾乎可以看到裊裊的煙氣從大家的頭頂上一蓬一蓬地冒出來。倒是瑪格麗特，擔憂過度的虛弱和突如其來的狂喜，使她不知如何表達心中的感覺，她以一種風平浪靜的恬和語調說道：

「我許了願的，只要人回來，什麼都好了，我什麼都不要計較了！」

兩週過後，瑪格麗特告訴我，她和達力已決定與任職公司提前解約，回到英國了。

對於他們的決定，我不感意外，只覺惆悵。

他們離開的時候，我們到機場去送行。

儘管肩上還沉沉地壓著無形的房貸，可是，他倆挽著手消失於閘門的步履，輕快而又穩定。我默默地想，他們可能需要很長的一段時間來清還房貸，但是，那又有什麼關係呢？他們來沙漠時是兩個人，走的時候，依然是完整的兩個人呀！

相濡以沫的親情，是比金子更加珍貴的。

此刻，他們逐漸遠去的背影，暖暖地散發著一團金色的光輝。

哭泣的豆子

哎呀，這豆子，果真哭出聲來啦！
就在豆子的哭泣聲中，
蘇里曼的臉出其不意地閃了出來，
和眼前悲慟哭泣的豆子奇異地重疊在一起。

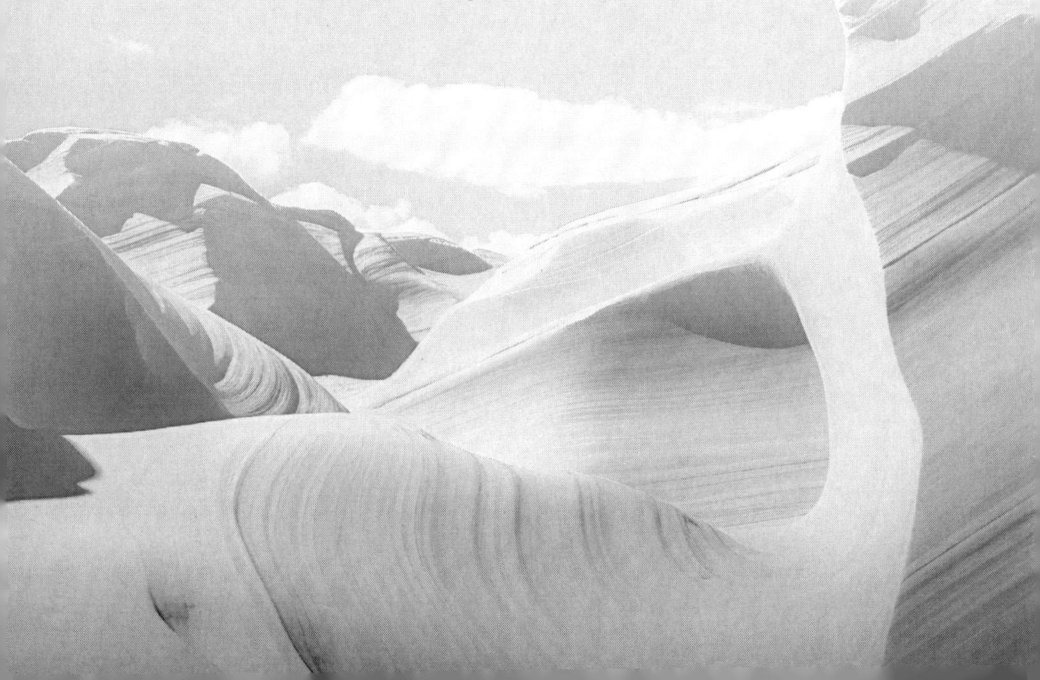

1

風，在沙漠的夏天裡，是凝結不動的，任你百般搧動，依然攪不起一絲涼意；然而，這天的情況卻有點特別。早上，當我把洗好的衣服送到屋外晾曬時，前後左右居然都是風，夾帶著熱氣、夾帶著沙礫的風。我當時不以為意，事後才知道，這是沙浪來襲的「前奏曲」。

下午，泥泥午睡未醒，我蜷縮在沙發裡看書。

讀著讀著，原本光線充足的大廳倏地暗了下來，暗得那麼迅速、那麼突兀，我忍不住放下書本，撲到窗前去看。這一看，可把我給看呆了：細細碎碎的沙，像著了魔似的，狂烈地在空中飛舞；強勁的風，把天地颳得一片蒼茫。罩著紗網的木窗，被強風震得格格作響，似乎隨時都會脫框而出。最叫人驚心的是，許多微塵似的沙，不可思議地從門縫和窗隙硬生生地擠了進來，整個大廳霎時竄滿了一股惡臭的泥腥味。

泥泥被驚醒了，嚎啕大哭，我進房去哄他，心裡惶惶然地有著一份無助的徬徨。來勢洶洶的沙浪，有時會把偌大的一所屋子連根拔起，也能將沉甸甸的車輛捲到半空去。

此刻，與兩歲的稚子置身於山脊這所小白屋裡，我全身神經如拉滿的弓，繃得緊緊的，隨時準備著突發情況，每分每秒的等待都驚心動魄，而心也已經跳到喉頭了。

很幸運地，在草草地用過了晚餐後，屋外的風勢便漸漸地、慢慢地弱了下來。日勝在辦事處逗留到很晚才回來，聽到他車子轉上山坡的聲音，我焦灼的心才安定了下來。將門輕輕拉開，他閃身進來，看到他被風沙「染白」了的頭髮和鬍子，想起了「青山原不老，為雪白頭」這兩句話，再看看他的狼狽相，我忍不住苦中作樂地笑了起來。然而，眼前這個把疲倦明明白白地用紅絲寫在雙眸裡的人，卻連一句話也懶得說，匆匆洗過澡，便鑽進被窩裡呼呼大睡了。

次日，是星期五，也是日勝的休息日。朝窗外望去，陽光亮得扎眼，雖然空氣還是有點混濁，但是，很顯然的，那駭人的沙浪，已隱退了。

我大大地鬆了一口氣。

午膳過後，驅車出門，打算到水塔市場去買新上市的柿子。在車上，日勝說：「軟柿甜，硬柿脆，我看，我們就各買一箱，軟硬兼吃吧？」好個軟硬兼吃！我忍俊不禁，嘿，他要談的，到底是柿子，還是人生哲學啊？正談笑間，忽然聽到泥泥在車子後座驚叫起來：「媽媽，妳看，妳看！那些屋子，全都倒了！」

車子行經的，是一片空曠的地方。這片空地，原本是緊密地搭著許多襤褸破落的小帳篷的。住在帳篷內的，多半是巴基斯坦人。他們為了能到高薪的沙烏地阿拉伯工作，或賣牛鬻羊、或押掉家裡祖傳的田地、或典當妻子的嫁妝，籌集款項，繳付給仲介。然而，千里迢迢飛赴這裡後，卻發現工作沒有著落，而那筆鉅額的工作介紹費呢，卻給狼心狗肺的仲介蠶吞了。這些流落異鄉的可憐蟲，帶來的錢用罄後，只好四處哀求別人施捨一份工作給他們。有些僱主便「趁火打劫」，以低薪僱用他們，不供膳宿。他們人地生疏，求助無門，只好搭個帳篷，苟且過活了。啊，我實在難以想像，住在一無所有的帳篷裡，他們究竟是如何熬過酷熱的夏天和嚴寒的冬天的！

昨晚來襲的沙浪，將所有的帳篷吹得東塌西倒，處處狼藉一片。此刻，許多面目愁苦的巴基斯坦人，正蹲在猖獗的陽光下，默默地清理殘局。呈現在眼前的，是一片愁雲慘霧。

日勝放慢了車子的速度，一面朝外看，一面搖頭，語調沉重地說：

「看看這些被剝削的一群，過的是什麼樣的生活！」

車子駛經那片空地，他繼續說道：

「昨天中午，有個巴基斯坦人蘇里曼來見我，要求我僱用他。他也是工作介紹所的受騙者之一，來了這裡兩個多星期，沒有住所、沒有工作，天天露宿街頭……」

「那你僱用了他嗎？」我急急插口問道。

他點了點頭。

這是我第一次聽到有關蘇里曼的事，然而，見到他本人，卻是在一個月以後。

2

小泥泥自小患有氣喘，來到沙飛塵揚的吉達居住後，氣喘更是頻頻發作，我因此三天兩頭帶著他往醫院跑。有時，病情不重，我便會帶他到公司附設的醫務所去，向值班的男護士討一些藥。

這天，小泥泥受了點風寒，微微發燒，食慾不振，所以，一吃過午飯，我便趕快抱他到醫務所去。

醫務室裡有人，門緊緊地關著。我和泥泥坐在長條板凳上等。等了好一陣子，有人拉門走出來。我不經意地抬頭看了看，不禁嚇了一大跳。那是一個皮膚黑得像夜的人，在那張「伸手不見五指」的臉上，長了一雙又圓又大的眸子，眸子裡赤裸裸地射出兩道凶悍的光，使人不由得聯想起在黑暗裡撲噬獵物的豹子。此刻，這頭「豹子」受了傷，半邊頭顱包紮著一條微染血跡的繃帶，手裡拿著一包藥，面無表情地踏出醫務所。

我推開了醫務室的門，男護士正在整理桌上的診病記錄卡，抬頭看到我們，他微笑地打招呼：

「嗳，泥泥又打敗仗了？」

「是啊，感冒，老毛病。」我說：「上次那些藥相當有效，吃幾次就好了，我看您就配同樣的藥給他吧！」

他開啟藥箱取藥，我隨口搭訕：

「近來忙嗎？風沙不時來襲，病人恐怕會增加不少吧？」

「嗯，倒不是很忙，但是，最近這一段日子，實在是個多事之秋。」

「怎麼說呢？」我好奇問道。

「上個星期，有一個工人被機器壓傷了手，送到醫院去了。昨天，又有另外一個工人從高處摔下來，跌傷了頭，幸好是外傷，否則後果不堪設想！」

「摔傷？」我心念動了動，問道：「是不是剛剛從你這裡走出去的？」

「是的，就是他，他回來複診。」他應，嘆了一口氣：「唉，這些從巴基斯坦來的工人，真是要錢不要命！」

從巴基斯坦來的？莫非他就是蘇里曼？

他點頭證實了我的想法，繼續說道：

「這個蘇里曼，剛來時，天天上我這裡來討安眠藥，說是睡不著覺，等到睡眠沒有問題了，又拚命爭取加班的機會，每次別的工人有事不能做，他便頂替別人，好像要在一兩年內賺夠一輩子花用的錢似的。好啦，現在，操勞過度，從高處摔下來，還不是咎由自取！」

我靜靜地聽，沒有插嘴，然而，心裡卻強烈地感覺，以這樣的口氣批評蘇里曼，未免有失厚道。快樂的歌，只有一種內容；悲哀的歌，卻有著千萬種不同的唱法啊！

晚上把這事和日勝說了，他嘆著氣表示，蘇里曼的確有著一股像牛般的幹勁，他好像忘了自己是血肉之軀，不畏烈日、不懼狂風，不休不懈地做。工餘之暇，其他工友成群結隊地到市區去逛，他呢，蜷縮在床上，一張破被蓋住了頭，就這樣默默地睡到天亮。他的內心世界，別人走不進去，他也不允許別人踰越雷池一步。他，就純粹活在自己的世界裡。

想到他那雙有若豹子一樣的眼睛，我忍不住說道：

「我覺得他神情很古怪，兩隻眼睛好像要噴出火來，是不是工地有人和他結了怨仇……」

「哎呀！妳不要老是胡思亂想啦！」日勝咧嘴笑道：「什麼怨呀仇的，又不是武俠小說裡的情節！孤身隻影離鄉背井來這裡工作的人，誰又快樂得起來！尤其是這些巴基斯坦人，透過仲介尋找工作時，吃過大虧上過當，便在心裡上了一道鎖，對誰也不肯敞開心扉！」

「他當時給了仲介多少錢呢？」我好奇地問道。

「折合新幣大約5,000元吧！」

「哎呀！」我驚呼：「這麼大筆錢，他怎麼籌得出來的？」

「說起來造孽呀！」日勝緊蹙眉頭說道：「他是把家裡最小的一個孩子賣掉了，才籌夠這筆錢的。」

我倒抽一口冷氣，凝神地聽他繼續敘述：

「他聽信了仲介的話，一心以為來這裡工作兩三年，便可以存到一大筆錢，讓一家大小從此過上衣食無憂的舒適生活。萬萬想不到，來到這裡後，差點連飯碗都沒有著落！」

這是沙漠裡無數悲歌中的一闕。

根據勞工市場不成文的規定，蘇里曼目前每個月可以賺取的月薪折合新幣大約800元，這和仲介告訴他的3,000元月薪，實有天壤之別！然而，話說回來，和那些目前仍住在帳篷裡忍受烈日煎熬和狂風吹刮的巴基斯坦人相比，住在宿舍裡的蘇里曼，還算是「幸運」的！

3

年終的時候，公司為全體員工舉辦了一場別開生面的烤肉會，地點就在宿舍外面的空地上。

烤肉的網狀鐵架大張旗鼓地一一架好了，切成薄片的牛肉和羊肉、雞腿和雞翅膀，也一盆一盆地端出來了。食物驚人地豐盛，雖無酒池，堪稱肉林。

到處都是晃動的人影、到處都是快樂的喧譁；沙漠的夜，原是無邊無際的、虛無縹緲的、高不可攀的；然而，這晚，那一份高曠深遠的黑，卻被無所不在的笑聲剪成了碎片，整個世界，變得繽紛活潑；而夜色啊，也就嫵媚得近乎妖嬈了。

一向缺乏玩伴的泥泥，這晚夾雜在眾多逗弄他的成人當中，情緒亢奮，他奔來跑去、跳上躍下，身體好像裝了彈簧，一秒鐘也靜不下來。我坐在一旁，含笑看他，無意間轉頭，感覺到一種無聲的灼熱，原來有兩道如炬的目光，腥腥生輝地黏在泥泥身上。

啊，是蘇里曼呢！

此刻，他眼中豹子般的凶光隱沒了，取而代之的，是綿羊般的溫柔。這樣乾淨的眼神，使我不由得聯想起陽光明媚的藍天，充滿了溫暖、寬厚和愛。少頃，他的目光，忽然沒有了焦距，愣愣地落在半空中。

我明確地知道，在這一刻，他是跨越了時空，看到了自己的孩子，那個已經賣掉了的孩子！

我站了起來，輕輕地走了過去，喊他：

「蘇里曼！」

神遊物外的他，猛然嚇了一跳。抬頭見是我，立刻站了起來，雙手像麻花糖般扭在一起，神情局促不安。

「蘇里曼，上次我在醫務所見過你，你摔傷了頭，去複診，記得嗎？」

他雙眼看著地上，像啄木鳥般，機械化地點了一下頭。

「現在，傷勢全好啦？」

他又點了點頭。

「你來自巴基斯坦哪一個城市啊？」

他說：

「卡拉奇。」

「哦，卡拉奇，我曾去過，是個很熱鬧的大城呀！」

他抬起頭來看了我一眼，飛快地說：

「人口很多，生活困難。」

我點頭，表示理解。的確，人口稠密的卡拉奇，失業率也相對的高。走在街上，處處都是人，簡直就像是活在人牆裡面！

我換了個話題：

「噯，你打算什麼時候回去探望家人呢？」

「嗯，就快了。」

他說著，神情不安地把手放到背後去，以上排牙齒咬住下唇皮，有點不知所措的樣子。我看他實在拘束得難受，便趁泥泥喊我的時候，走開了。

那晚過後，蘇里曼的身影，便像是摻入了水分的顏料般，在我記憶裡慢慢地淡化了……

誰能想到，表面安安靜靜的蘇里曼，竟是一座熔岩滾滾的活火山呢？

4

烤肉會舉辦過後，一晃，又是兩個月過去了。

有一天晚上，家裡來了兩位阿拉伯客人，他們剛從埃及旅行回來，旅行的見聞和趣事，透過他們眉飛色舞的敘述，化成了一場一場的喜雨，紛紛揚揚地落在屋子裡。

正當大家談得興高采烈時，門鈴響了。

非常意外的，站在門外的，竟是蘇里曼。

看到日勝，他畢恭畢敬地欠了欠身子，說：

「我明天一早就回去卡拉奇了，謝謝您的關照！」說著，把手裡的一包沉甸甸的東西遞了過來：「我買了一點阿拉伯豆子，請收下。」

我們邀他進屋坐坐，他不肯；由於當時家有客人，我們也不強留他。

蘇里曼送來的豆子，是沙烏地阿拉伯的土產，殼極硬，每一顆都裂開一道口子，像個小孩子張口在哭，我因此戲稱它們為「哭泣的豆子」。豆子硬脆，味道鹹中帶香，非常可口。

剛才，我們的客人還半開玩笑地埋怨我們沒有準備零食招待他們，現在，看到這兩公斤「哭泣的豆子」，立刻眉開眼笑，抓在手裡，吃得津津有味，硬硬的殼，丟得滿地都是。邊吃邊談，時間過得特別快。豆子吃完時，已近子夜，他們也告辭回家了。

我拿出掃把，清掃地上的空殼，空殼碰碰撞撞地發出了「沙沙沙」的聲音。

沙沙沙、沙沙沙、沙沙沙……

在闃靜的夜裡，這聲音，聽起來特別的刺耳。

哎呀，這豆子，果真哭出聲來啦！就在豆子的哭泣聲中，蘇里曼的臉出其不意地閃了出來，和眼前悲慟哭泣的豆子奇異地重疊在一起。唉！他送「哭泣的豆子」給我們吃，實際上，他本身不就是一顆「哭泣的豆子」嗎？狠著心，賣了親生的孩子，期望能改善全家人的生活，卻慘慘地墮進了仲介卑鄙的騙局裡，孩子沒有了，全家人依然生活在水深火熱中。也許，他會為此而哭上長長的一輩子哪！

我深深地嘆了一口氣。

5

蘇里曼走後的兩個星期，一個炸彈似的訊息突然傳到吉達來。

「一名巴基斯坦人從吉達回國後，發狠地用刀子對一個工作經紀人連續不斷地捅了十多刀，刀刀都刺中要害，血流成河，當場身亡。據悉這個仲介曾經收了他鉅額的仲介費，但卻沒有履行諾言為他安排工作……」

在聽到這項消息時，我整顆心都顫抖了，我想起了一個人，但我也同時默默地、熱切地希望我的直覺是錯誤的。然而，接下來的幾天，從四方八面傳來的訊息，都證實了這個人正是雙目發出豹子亮光的蘇里曼！

《沙地新聞報》在「國外消息」這一欄刊載了這則慘絕人寰的新聞，還刊出了蘇里曼的照片。我的睡眠，頓時被這則新聞捅出了許多個窟窿。整所屋子，都響著蘇里曼悲切的哭聲：

沙沙沙、沙沙沙；沙沙沙、沙沙沙……

暗香盈處原是夢

常年被寂寞蠶食的阿布都拉，
企圖在香氣繚繞的幻境中尋找短暫的快樂，
然而，這種虛幻的快樂，
最後悲慘地將他帶上了萬劫不復的黃泉路！

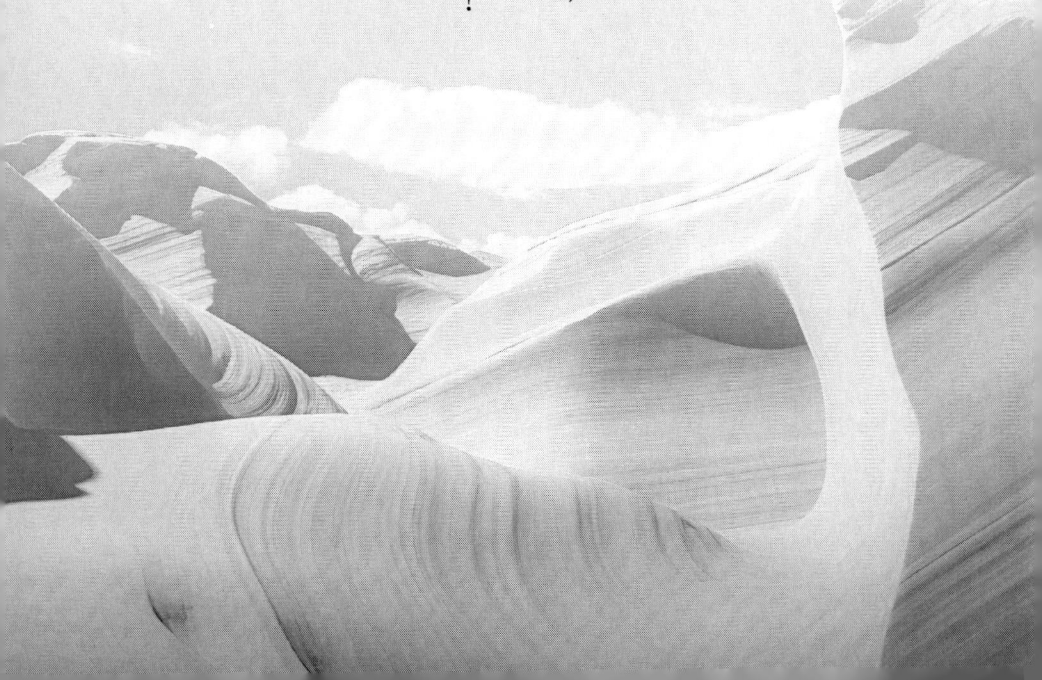

1

第一次在工地看到他，我便感受到了一定的震撼。

晌午，大地滾燙得彷彿是熔化一地的鉛。

他就跪在那龜裂處處的泥地上，臉朝麥加的方向，雙眼緊閉，心無旁鶩地禱告著。他那張棕黑色的臉龐微微上仰，如葉脈般細細地鋪陳於整張臉的皺紋鑲嵌著許多不為人知的故事；身上那襲原該是白色的阿拉伯及地長袍，被塵垢染成了邋裡邋遢的泥褐色。

使我心弦震動的，是他那種高度專注的虔誠。天和地都在焚燒，汗水如蚯蚓般恣意在他額頭和臉上蠕動著，他卻宛若一尊石像，紋風不動。

沙烏地阿拉伯的回教徒每天必須祈禱五次，現在，正是祈禱的時間，一切活動都必須暫時停止。日勝把車子停在路邊，耐心地等候。

泥地上這個祈禱的老者，名字喚作阿布都拉，是公司僱用的守門人，負責開啟與關閉由大路通向工地的那道木閘門。守門人工作時間長，工作性質像複印式的刻板。當地人寧可擺地攤做些小買賣，也不願待在這裡，忍受驕陽的炙烤而領取那不算豐厚的薪水。

阿布都拉是兩年前受僱的，月薪是 2,000 里亞爾（折合新幣 1,200 餘元）。這樣的薪水，在買一顆高麗菜也得付出新幣十多元的沙烏地阿拉伯生活，可說是捉襟見肘的。

「他的孩子，應該都很大了吧？」我說：「孩子應該可以幫忙他卸下肩上的擔子了呀！」

「孩子？」日勝搖搖頭，應道：「他是單身漢呢！」

沙烏地阿拉伯的婚姻依然還得靠媒妁之言，而在說媒的過程中，男方聘金的多寡，往往就決定了那樁「婚姻交易」的成敗。一般上，越年輕的女子，所能得到的聘金也越多。女子上了20歲而仍然嫁杳無期，便會歸入摽梅已過的一群了。就算女方的條件和年齡都不理想，最起碼的聘金還是要的。

「他沒有辦法籌足聘金，一年拖一年的，拖到這把年紀，也許已經打消成家的念頭了。」日勝淡淡地說。

「他幾歲啦？」我好奇地問，心裡想，即使沒有70歲，至少也該有65了吧？

哪裡知道，日勝的回答卻大大出乎我意料之外：

「他前年告訴我他53歲，依此推算，他今年該是55歲了。」

天呀！55歲的人居然蒼老如斯！生活的折磨，的的確確是容顏衰老的催化劑。

談到這裡，阿布都拉已祈禱完畢，站了起來，看到我們停在閘門外的汽車，歉意驟然在那張龜裂得不成樣子的臉氾濫開來。他手腳麻利地把閘門開啟，當我們的汽車經過他身旁時，他神情謙卑地站在那兒，雙手下垂，不斷地鞠躬、鞠躬……

2

沒來沙烏地阿拉伯生活以前，我總錯誤地以為阿拉伯人都是「有金可揮」而又「揮金如土」的。

來了，住下了，才曉得，這裡貧富懸殊，富者的窮奢極侈固然使人驚嘆不已，貧者的窮困潦倒也讓人慨嘆連連。

這一天，我們到水塔市場去逛。

這是一個兼做水果批發與零售生意的大市場，來自世界各地的新鮮水果常年源源不絕地供應，種類繁多，價格又便宜，我百去不厭。唯一讓我感覺不舒服的是，許多過熟糜爛的水果丟得滿地都是，蒼蠅飛繞、螞蟻麇集，很不衛生。

日勝買了一大箱豔紅的櫻桃，托在肩上，走向停車場。我注意到有一個身形佝僂的老頭兒，蹲在一大堆糜爛的果子前，以顫抖的手，一粒一粒地抓了，丟進身旁的竹簍裡。經過他身邊時，無意間和他打了一個照面，啊，是阿布都拉呢！

看見了我們，他慌忙站了起來，雙手合十，頻頻鞠躬，泰然自若的臉上，全無自慚形穢的樣子。

那晚回去以後，想起年過五旬的他還得蹲在地上撿拾爛果子，我便感到難過。打從那回起，每次日勝到工地去巡視，我便會囑日勝把一些食物送去給他吃。

有一回，朋友送了一大袋在紅海深處捕獲的生蠔給我們，這些碩大肥美的生蠔，不論配搭檸檬生吃、或用以煎蛋、煮湯，都鮮美異常；在乾瘠的沙漠區裡，是難得一見的珍品。數量太多了，實在吃不完，留到明天又不新鮮了，我向日勝建議：「我煎個蠔蛋，你送去給阿布都拉吃，好嗎？」日勝同意了，我把雞蛋煎得金光燦爛，裡面裹著鼓鼓囊囊的鮮蠔，香氣撲鼻。送到他手上時，他竟感激得眼泛淚光，頻頻說：「啊，太感謝了，真的謝謝你們，謝謝你們啊！」

沙烏地阿拉伯是個政教合一的國家，我們居住在瀕臨紅海的小城吉達，沒有任何娛樂設施，生活好像寺院裡定時敲響的鐘聲一樣，刻板而嚴肅。家裡有電視，可是，節目沉悶得使人看不到幾分鐘便哈欠連連。

白天，日勝去上班，我和年方兩歲的泥泥留在屋內，每分、每秒，都長得好像一個年頭、一個世紀。要想開門出去透透氣，在門外迎候的，不是和煦的春風，而是猖獗的烈日。偶爾有風來了，撲在臉上，一臉是沙；纏在身上，一身是汗。要想找個人來談天嗎？左鄰右舍，除了山，還是山；正是：「我見泥山多討厭，泥山見我應如是！」

有時，日勝出差到兩千多公里以外的首都利雅德，短則五天，長則十天，在這個期間，我和泥泥日夜關在火柴盒般的屋子裡，而屋子又裝滿了寂寞，母子倆像是被塞在玻璃管子內的人，幾乎要活活地憋死了。

有一個時期，我患上了嚴重的失眠症，晚上躺在床上愣愣地望著牆上的黑影等天亮；而白天又懨懨地坐在椅子等天黑。儘管精神是這麼的疲乏，但腦筋卻不是一片空白的。在想東想西的當兒，阿布都拉的影子偶爾會浮上心頭，而每回想到他時，總慚愧於自己的「身在福中不知福」。

整天悲嘆寂寞的我、慨嘆無聊的我，算是無病呻吟嗎？

3

日子在死水般的平淡苦悶中慢慢流走了。

有一天，用過晚餐後，我們決定到百麥加大街去逛逛。

百麥加是吉達市一條精神抖擻的大街，許多小攤子熱熱鬧鬧地擺設在大街兩旁，吃的、用的、穿的，應有盡有；聲音與色彩，匯成河流，鮮活地流來流去。人，宛如噴泉，從四方八面源源不絕地噴灑出來。

牽著泥泥的手，一家三口慢慢地逛著、看著，忽然，不遠處一個熟悉的影子攫住了我的目光——是阿布都拉；此刻，他竟然站在一個小攤子旁選購香水！我站在不遠處看他，發現他專挑大瓶裝的，湊近鼻端，嗅了又嗅，滿意了，便放在一邊；總共挑選了五大瓶香水，攤主說：「400 里亞爾。」他伸手入懷，掏出了一個小小的布袋，從布袋裡抓出了一把皺巴巴的鈔票，一張一張地數，來來回回地數了好幾次，才捨得把鈔票交給攤主。400 里亞爾，相當於他薪水的五分之一呢！攤主把香水放進塑膠袋裡，交給他，他緊緊地揣在懷裡。

一轉身，看到了我們，不知怎的，他居然好像扒手遇到警察一樣，神色畏縮地朝相反的方向急急走掉了，連個招呼也不打。那個樣子、那種表情，和第一次我們在水果市場碰到他撿拾爛瓜爛果的泰然自若，簡直有天淵之別！

我和日勝面面相覷，不明所以。

回到家後，我對日勝說道：

「阿布都拉一口氣買那麼多瓶香水，又是大瓶裝的，也許是交上桃花運了！」

「哈！」他笑了一聲，搖頭應道：「如果真的交上女友，是好事呀，怎麼他看起來竟是慌裡慌張的呢？」

我也覺得他剛才的樣子很詭異，他經濟能力不好，卻捨得如此揮霍，一定有特殊的原因。

「可能他在做些香水的小買賣，藉以賺取一點蠅頭小利吧？」我又猜測：「或者，金屋藏嬌？」

日勝聳聳肩，笑道：

「妳不如去開家偵探社吧！」

謎底，在兩個月後，才悲慘地揭開了！

4

這天傍晚，夾雜著沙礫的狂風嘩啦啦地吹著，把整個山頭颳得一片迷濛、一片蒼茫。

沙烏地阿拉伯的電視每天有半個小時播映卡通片，我在大廳裡，陪泥泥看電視。這時，公司裡一名員工突然上門通知我，日勝今晚有要事處理，不回家吃晚餐了。

「是有緊急會議嗎？」我隨口問道。

「不是的。」他答，猶豫了好一會兒，才說：「我看到好些警察到林先生的辦事處去。」

「警察？」我的心一下子跳到喉頭，連說話都變得結結巴巴的：「這，這，這到底是怎麼回事？」

「我也不曉得。」他說。

他走了以後，我整顆心一會兒像被熱水燙著般，熱得難受，一會兒又像被嚴霜凍著似的，冷得發抖。沙烏地阿拉伯是政教合一的國家，許多人都因為不熟悉當地法律而身繫囹圄。難道說，一向行事謹慎的日勝，會因一時的疏忽而觸犯法律條規？

屋外，不懷好意的風發出了狼嚎般的聲響，門被吹得砰砰作響，好似有一隻發了瘋的巨掌在擂門。我心緒不寧地將泥泥打發上床，虛懸的心，化成了一把冷颼颼的匕首，在我體內遊走。

好不容易熬到晚上11點多，日勝才回來。臉色沉甸甸的像塊鐵，疲憊的臉爬滿了心事。一進門，不待我發問，他便以沉重的語調說道：

「阿布都拉死了！」

「死了？」一股寒意好像病毒一樣快速地竄進了我的血液裡，我不由得驚喊起來：「好端端的，怎麼忽然間死了？」

「喝香水中毒死的。」

啊，喝香水自殺？

我的腦子，立刻浮起了他抱著一大袋香水鬼鬼祟祟地遁走的樣子，呵，原來那時他已萌生死意了！

「不是自殺。」日勝搖頭應道，臉上的疲憊凝結成塊了，他揉了揉臉，說：「讓我休息一下再告訴你吧！」

等他洗了澡，我為他泡了一壺龍井茶，在裊裊的煙霧裡，他才緩緩地將事情的始末源源本本地告訴了我。

阿布都拉在事發前已有兩天沒有上工了，大家原本以為他生病，不以為意。到了今天，還見不到他的蹤影，福利組的職員上門找他，才發現他已倒斃在地上了。

日勝隨警察到阿布都拉的居處去，那是一所簡陋至極的石砌屋子，屋內的木架上，東歪西倒的，全都是大大小小的香水瓶子，瓶內多半是空的，馥郁的香味，濃得化不開，阿布都拉就倒斃在地上，身子像蝦米一樣蜷縮著，青筋蜿蜒的手還抓著一瓶尚未喝完的香水。

沙烏地阿拉伯嚴禁售酒、喝酒，而一般的香水是摻有酒精的，警方推測，阿布都拉是以香水代酒，藉著香水中的酒精來麻醉自己，最慘的是，他不知道，不是每種香水都可以入口的，有些香水含有毒素，他因此而白白地葬送了寶貴的性命。

暗香盈處原是夢。

常年被寂寞蠶食的阿布都拉，企圖在香氣繚繞的幻境中尋找短暫的快樂，然而，這種虛幻的快樂，最後悲慘地將他帶上了萬劫不復的黃泉路！

窗外一陣比一陣緊的風，潑辣地飛捲來去，把沙漠的夜攪成了碎片……

電子書購買

爽讀 APP

國家圖書館出版品預行編目資料

沙漠裡的故事：在茫茫沙海中，尋找人生的綠洲 / 尤今 著 . -- 第一版 . -- 臺北市：複刻文化事業有限公司 , 2024.09

面；　公分

POD 版

ISBN 978-626-7514-55-9(平裝)

857.7　　113012513

沙漠裡的故事：在茫茫沙海中，尋找人生的綠洲

臉書

作　　者：尤今

發 行 人：黃振庭

出 版 者：複刻文化事業有限公司

發 行 者：複刻文化事業有限公司

E-mail：sonbookservice@gmail.com

粉 絲 頁：https://www.facebook.com/sonbookss/

網　　址：https://sonbook.net/

地　　址：台北市中正區重慶南路一段 61 號 8 樓

8F., No.61, Sec. 1, Chongqing S. Rd., Zhongzheng Dist., Taipei City 100, Taiwan

電　　話：(02) 2370-3310　　**傳　　真**：(02) 2388-1990

印　　刷：京峯數位服務有限公司

律師顧問：廣華律師事務所 張珮琦律師

定　　價：299 元

發行日期：2024 年 09 月第一版

◎本書以 POD 印製

Design Assets from Freepik.com